잘 차려진 밥상에는 슬픔이 있다

KB194888

잘 차려진 밥상에는 슬픔이 있다

신기대 시집

범우사

구름 그늘

화창한 가을 하늘, 따스한 햇볕
선뜻 드리운 옅은 그늘에 놀라
하늘 힐끔 쳐다보면
뭉실뭉실 뭉게구름 흐르다
쨍쨍한 햇님 가리운다

산다는 것이 잠시 잠깐의 구름 그늘이다.
하늘에 태양은 찬연히 빛나고 있건만
떠돌던 작은 구름 하나가 선뜻 옅은 그늘을 드리운다.
잠깐 사이 드리운 그늘이 주는 서늘함
그 서늘했던 느낌들을 여기에 중얼거려 보았다.

윤석희 시인, 신이안 시인, 이홍용 샨티출판사 대표!
그늘 속에서 저 구름 위 찬란한 햇살을 오래도록 함께

애기해왔던 사람들이다. 그늘을 벗어나서도 같은 곳에 서있으면 좋겠다.

그리고 젊은 시절, 시대적 아픔을 같이 했던 '81학번 친구들!

그대들이 아니었으면 이러한 넋두리도 그냥 혼자 중얼거리는 독백이었을 것이다. 그대들이 고맙다.

아울러 졸고의 출판을 흔쾌히 허락해주신 범우사 윤재민 대표께도 감사드린다.

인고의 세월 함께 하며 묵묵히 내조해온 아내, 제 삶을 버리고 누워 계신 아버님을 간병하고 있는 막내 여동생에게는 감히 무어라 드릴 말씀이 없다.

일평생 자식 위해 고생만 하시다 몇 년 전 저 하늘로 돌아가신 어머님께서도 이 글들을 보시면 머리 한 번 쓰다듬어 주실 것이다.

어머님 영전에 바친다.

차례

1부 돼지 혓바닥

2부 아교에 대한 단상

3부 소주 한 잔 털어 넣고 초콜릿 한 입 베어 물고

발 문

1부
돼지 혓바닥

사현(似現)

현재를 닮았다, 현재인 듯하다
명료한 과거도 미래도 아닌
사현을 걷는다
현재라는 작두날은 타기 어렵다
언제였던가
맨발을 베이지도 않고
휠휠 오르내리던 때가
이제 달빛 별빛도 보이지 않는 거리
사현을 걷는다
한 걸음 두 걸음 내딛을 때마다
시퍼런 작두날이 번득인다

토각(兎角)과 구모(龜毛)

토끼 뿔과 거북이 털이다.

토끼는 뿔이 없고

거북이는 털이 없다.

없는 걸 있다고 보면

이런 어처구니 없는 말이 나온다.

없는 건 없어야 되고

있는 건 있어야 된다.

없는 게 있고

있는 게 없어서는 안 된다.

또 있어야 할 것이 없거나

없어야 할 것이 있어서도 안 된다.

토각과 구모는 禪家에서 흔히 쓰인다.

연기된 전체의 실상을 표현한다.

하나의 방편이다.

空의 다른 표현이기도 하지만

色의 다른 표현이기도 하다

바람이 스친다

바람이 스치면
다 타들어간 재일지라도
살짝 붉은 속살을 드러낸다
언제일까
스러지기 전 간직한 열정이
수줍은 듯 빨갛게 얼굴을 내밀 그 때

라이방

늦은 밤, 일산 변두리 버스정류장
서울 가는 막차를 기다린다
낙엽은 바람에 쓸려 이곳저곳 무덤을 이루고
검은색 짙은 라이방을 쓴 밤하늘은
시선을 감춘 채 지긋이 내려보고 있다
아직 개발이 안 된 구도로를 달리는 버스노선
가로수처럼 서 있는 길가의 추억들은
번쩍번쩍 달리는 버스 뒤로 흘러간다
추억은 라이방 걸친 기억이 바라보는 것
내일 아침, 아무것도 걸치지 않은
붉은 태양은 떠오를 것이고
부릅뜬 핏빛 눈동자는
새벽 출근길을 더듬을 것이다

노란 파도

거센 바람에 부서지는 빛의 파도

바람 부는 날 철 지난 바다를 찾았을 때
성난 짐승처럼 울며 달려들던 파도
억겁을 바위에 부딪쳐 퍼렇게 멍든 바다는
파도로 다가와 허연 속살을 드러내었다

바람에 부서지는 빛의 속살이 노랗다는 걸 오늘 알았다
하늘을 노랗게 물들이며 쏟아지는 빛의 군무
휘날리는 노란 은행잎이 앞을 가린다

파도는 허공에 흩어져 빛의 세례를 받고
빛은 바람에 부서져 노란 은행잎으로 자신을 뒤집는다
외로움에 색깔이 있다면
바다는 허옇고 빛은 노랄 것이다

돼지 혓바닥

순대국 속에 매끈히 썰린 돼지 혓바닥
태어나서 도살당하는 순간까지
꽥꽥거리는 소리밖에 지르지 않았을
부드러운 살덩이를,
되지도 않는 말을 평생 내지르며 굴린
닳고 닳은 혓바닥 위에 올려놓고 씹는다
눈도 둘, 귀도 둘, 코도 하나, 혓바닥도 하나
너와 내가 다른 것이 무엇일까
새끼 낳고 젖 주고 핥아주고 품어주던 고깃덩어리를,
못난 비계 덩어리만도 못한 인생이
이리저리 숟가락을 뒤적이며 고른다
까실까실 제대로 면도가 안 된
두툼한 비계 덩어리를 남겨둔 채
마지막 소주잔을 비운다

빗방울

빗방울이 하나 둘씩 떨어진다
하늘에는 잿빛 구름들이 이리저리 축축 늘어지고
닿을 수 없는 것들은 말하지 않아도 이렇게
머리 위, 팔뚝 위로 떨어져 안긴다
거리를 두고 바라볼 때는 아득하지만
떨어져 하나될 때는
너와 내가 하나임을 알아차린다
바람이 분다
잿빛 구름은 흩어지고 빗방울도 멈춘다

지금 여기

圓 覺 道 場 何 處
現 今 生 死 卽 是
원만한 깨달음을 얻을 곳이 어디던가
지금 여기 한 생각 일어나고 사라지는 바로 이곳이라네

해인사 팔만대장경을 한곳에 모아 놓은
장경각 좌우 현판에 새겨 놓은 글이랍니다.
그 많은 경전을 딱 두 마디로 요약했다고 합니다.
모든 인연은 찰나이면서 또 전체입니다.
파도의 흔들림이 없다면
바다는 있을 수 없을 것입니다.

"어제의 햇빛으로 오늘의 옷을 말리려 하지 말고
내일 내릴 비 때문에 오늘의 우산을 펴지 말라"

지금 여기 이 순간을 살 뿐입니다.
그렇게 살고 싶습니다.

지금

지금을 걷는다
걷는 한 걸음 한 걸음마다 사라진다
지금이 지나간다
수많은 우주가 사라진다
비 내리는 어둑한 홍제천 저 멀리
반짝이는 불빛 하나
혹시나 하고 다가간 발걸음
위험수위를 알리는 신호등 위로 비는 내리고
영롱하게 젖어 흐르는 피눈물 줄기
홍제천으로 흘러들어
또 다른 지금을 걷는 사람들 위로
비 되어 내릴 것이다

갈증

정수기에서 물을 한 컵 받았다
시냇물도 흐르지 않는 조용한 한밤중 거실에서
목을 축이고자 무심코 정수기에 컵을 갖다 대었다
물이 생겼다, 아니 물이 흘렀다
문득 이 세상이 물 한 컵이라는 생각이 들었다
뚝 떨어진 물 한 컵
많은 것을 거쳐 왔고 많은 것을 담고 있다
그러나 외롭다
세상도 나도 고독한 물 한 컵
애초는 없다, 모든 순간이 처음이다
종말도 없다, 모든 순간이 마지막이다
시원하게 들이켠다
갈증이 사라진다

세상에는 별의별 놈들이 많다

나는 아직 들어보지 못했다.
봄 여름 가을 겨울을 제대로 본 사람보다
깨우친 사람이 있다는 것을

봄에는 씨앗 뿌리고
여름에는 땀 흘려 일하고
가을에는 추수하고
겨울에는 쉬면서 돌아올 봄 준비를 하고

세상에는 별의별 놈들이 많다
봄에 씨만 뿌려놓고 여름에 놀다가
가을에 추수만 하려는 어리석은 놈
봄에 씨앗도 뿌리지 않고 여름에 땀 흘려 밭 갈다가
가을에 추수하려는 황당한 놈
봄에 씨앗 뿌리고 여름에 일하고 나서
가을 바람에 허무하다고 사라지는 놈
봄에 씨앗도 뿌리지 않고 여름에 일도 않고 가을에
추수도 않으면서 겨울에 남의 집 곳간을 엿보는 놈

봄에 씨앗 뿌리고 여름에 일하고 가을에 추수하여
저장했지만 긴 겨울 동안 도박으로 다 날려 먹는 놈

봄 여름 가을 겨울을 제대로 사는 사람이야 말로
진정 깨우친 사람일 것이다

무(舞)

無는 춤출 舞에서 비롯되었다.

舞는 춤추는 어느 순간을 그린 상형문자이다.

춤을 춘다는건 우주와 내가 하나 된다는 것이다.

왜 추수가 끝난 다음에 꽹과리 장단에 맞춰서

춤을 추는가!

자연과 우리가 같이 만들어 낸 노동의 결실을 보면서
그리고 또 그것을 함께 나눠 먹으며 기뻐하는 것이다.

그리고 저절로 흥이 올라 움직이는 것이다.

춤을 추는 것이다.

변화하고 끝없이 움직이는 이 세계에 동참하여

하나가 되는 원초적 몸짓인 춤!

춤은 움직이지만 또 정지의 예술이기도 하다.

어느 순간 엑스타시에 오를 때 춤도 멎는다.

그 순간 이 세계도 멎고 나도 멎는다. 짧은 순간이다.

무아의 경지다.

나도 없고 세계도 없다. 그래서 舞는 無다.

전사와 낙엽

상상을 해본다
광활한 아메리카 대륙
어머니인 대지를 힘차게 내달리던 늙은 인디언 전사!
저녁 무렵 아버지인 하늘을 바라보며
지평선 끝을 내달리던 인디언 전사!
아버지와 어머니가 만드는 붉은 노을의 자식인
인디언 전사가
천길 계곡 끝에서 말 잔등을 박차고 떨어진다
붉은 노을 사이로

가을바람이 거세다
가지 끝에 매달려 몸부림치는 저 나뭇잎도
떨어져 영원에 안착할 수 있을까
떨어지며 바람에게 웃으면서 물어볼 수 있을까
나를 어디로 데려다 줄 수 있는지를

객형(客形)

사물을 일컫는 또 다른 말이다
나그네 객, 모습 형
사물은 나그네다
나그네는 한곳에 오래 머무르지 않는다
그리고 어디서 왔는지도 어디로 가는지도 모른다
그것이 나그네의 모습이다

우리도 나그네다
나그네의 특징은 스스로가 어디서 와서 어디로
가는가를 굳이 묻지 않는다
그저 지금 이 순간의 낯선 풍광을 즐길 뿐이다
그리고 익숙해지기 전에 떠난다
나그네가 두려워하는 것은
오직 익숙함의 덫에 걸릴까 하는 것이다

세상은 하룻밤 자고 떠나는 여관
나그네는 그 여관의 이름도 기억하지 못한다
아니 그럴 필요도 없다

여관을 보러 길을 떠난게 아니기 때문이다

하룻밤 자고 떠나는 길
이 세상 뒤도 안 돌아 보고 떠나는 길
나그네는 또 어떤 낯설고 재미있는 풍광이 기다리고
있을까 하는 그것에만 가슴이 설레일 뿐이다

태허(太虛)

객형(客形)과 대(對)가 되는 말이다.

클 太 빌 虛

크게 비어 있다!

객형이 세상을 주유(周遊)하는 나그네라면 태허는

그 세상의 주인이다.

아니 세상 그 자체이다.

주인은 객을 대접하는데 소홀함이 있어서는 안 된다.

객이 서운함을 안고 떠나게 되면 아름다운 여행이 될

수 없다.

뭔가 모를 찝찝함이 여행 내내 따라다닌다.

주인도 마찬가지다.

객을 그렇게 보낸 마음이 편할 리 없다.

그래서 주인은 사심이 있어서는 안 된다.

사심 없이 대해야 한다.

그 마음이 크게 비어 있어야 한다.

노자가 말한 천지불인(天地不仁)인 것이다.

한편 낯선 곳을 찾아 떠도는 객은 언제 어느 곳에서

客死할지 모른다.

다시 태허의 품에 안겨야 한다.

안기면서 자기가 보았던 그 아름다운 모습들을 얘기
하겠지!

다시 또 태허로부터 몸을 빌려

나그네의 길을 가야 한다.

결국 태허는 자기의 몸을 객형으로 나투는 것이다.

우리는 꼭 소크라테스의 말을 빌리지 않아도

우리 내부의 말을 들어야 한다.

마치 엄마가 아기에게 사랑스러운 미소와 함께 눈을
맞추면 아기들이 다 알아듣듯이

침묵

진동수가 맞으면 함께 운다
내가 이만큼 흔들리면
너도 이만큼 흔들려야 한다
그래야 공명하고 소리가 나온다
내가 흔들리고 네가 흔들리지 않아도
네가 흔들리고 내가 흔들리지 않아도
너와 내가 같이 흔들리지 않아도
너와 내가 흔들리더라도 이만큼 저만큼 달리 흔들린
다면
공명할 수 없다
소리가 없다
침묵이다
사랑은 공명이다
사랑은 소리다
같이 이만큼 서로 똑같이 흔들려야 한다
그래서 떠나간 사랑 앞에서는 침묵밖에 할 수 없는 것
이다
나는 이만큼 너는 저만큼 따로 흔들리기 때문이다

가슴 아픈 사랑은 흔들림의 진폭이 너무 커서

결국 그 현은 끊어져

영영 흔들릴 수 없게 된 사랑은

그래서 침묵할 수밖에 없는 것이다

춤

중력은 사랑이다
하나가 되고 싶은 열망
서로 똑같은 힘으로 끌어당긴다
너를 나에게
나를 너에게
가두어두지 않는다
어쩔 수 없어서
돌고 돈다
춤을 춘다
달은 수줍음에 얼굴 가리고
별은 계절 따라 옮겨 다닌다
꽃이 피고 꽃이 진다
낙엽은 바람타고 떨어질듯 솟구친다
아! 온통 춤이다

시(詩)

시(詩)는 말(言)과 절(寺)

조용한 산사에 가면 차분해지는 마음
그 마음에 요동이 일면 나오는 말
그때 조용히 입술에 검지 손가락을 갖다대며
쉿 하며 바라보는 것
그래도 어쩔 수 없어 내뱉는 한숨 소리
그것이 바로 시(詩)

신호등 앞에서

신호등 앞에 섰다
맞은편 신호등에선
푸른 불빛이 깜박이기 시작했고
그 옆 은행나무에서는
노란 낙엽이 날리고 있었다
차들은 건널목 좌우로 멈춰 섰다
사람들이 건너간다
은행나무만 약속을 하지 않았다
은행나무만 붉고 푸른 불빛에 따라
낙엽을 떨구지 않았다
건널목을 건너면서 쳐다본 하늘
노란 은행잎이 춤춘다
사람들 머리 위로
멈춰선 차들 위로
사뿐히 내려앉았다

사양(斜陽)

뉘엿뉘엿 해가 넘어간다
겨울 나뭇가지 사이로 비치는
햇살의 파편이 눈부시다
저녁 어스름이 오기 전까지
사물들이 윤곽을 잃지 않고 있을 때
사선(斜線)을 그어야 한다
그리하여 나타나는 단면이
모두 같은 무늬를 띠는 것을
확인해야 하는 것이다
사양(斜陽)이 비끼는 동안
비스듬히 물결치는 무늬 따라
모든 것이 저물어 가는 것을
바라다보아야 한다

종소리에 대한 단상(斷想)

종소리는 어디에 있었는가
종에 붙어 있었는가
종 바깥에 있었는가
종 안에 있었는가
종소리는 어디에도 없었다
종과 종치는 물건과 종치는 사람이
어우러지고 공기라는 매질이 있고
듣는 사람의 고막이 있어야
종소리는 나타나는 것이다
이 중 어느 것 하나라도 없다면
종소리는 나타날 수 없다
그런데 비단 이것뿐일까
종도 종치는 물건도 종치는 사람도
공기도 듣는 사람의 고막도
그 어느 것 하나 스스로 독립해서
존재할 수는 없다
그것들도 종소리처럼 여러 가지가
어우러져 나타나는 것이다

결국 어떠한 것도 자신의 실체를 가질 수 없다

모든 것이 이러하다

그저 이름일 뿐이고 그 실상은 텅 비어 있는 것이다

그러므로 종소리 따라

내 마음 따라가고 네 마음 헤아릴 필요가 없는 것이다

공가(空家)

재개발 철거딱지 바람에 나부끼고
텅 빈 골목길은 길게 누워
깨지 않는 긴 잠을 잔다
아이들의 웃음소리
어른들의 술주정 소리
아낙들의 수다 소리
시린 겨울하늘로 사라지고
약간의 두려움을 머금은 공기는
굳게 닫힌 공가의 주위를 감싼다
추억도 밀폐되어 갇혀버린 공가
시린 하늘 떠도는 소리, 소리들
고요에 지친 바람이
이리저리 실어나른다

고요

밤은 고요하다

추적추적 내리는 빗줄기는

고요를 깨우기보다 증폭시킨다

고요의 심화

때로는 아무 소리도 없는 것보다

들릴듯 말듯 비와 사물이 부딪히는 소리가

고요의 심연을 일깨운다

적당히 두드려줄 때

많은 것이 조용히 속살을 드러낸다

오늘 밤 많은 것을 보았다

그러나 아무에게도 얘기하지 않으리라

투둑 툭 툭 툭…

내리는 비는 고요와 섞여

적막을 밀어내고 있다

Let it be

내버려 두라
그러면 모든 것이 이루어지리라
아니 이미 이루어졌다
내버려 두라는 말만 하지 않는다면

별의 깊이

별들 사이에는 거리가 있고
별들 하나하나는 깊이가 있다
거리는 공간을 만들지만 깊이는 시간을 만든다
거리는 운명을 만들지만 깊이는 사랑을 만든다
애기별은 아직 오지 않아서 보이지도 않고
늙은 별은 저렇게 빛나도 벌써 사그러들었는지 모른다
밤하늘이라는 검정 도화지에 찍힌 반짝이는 하얀 점들
처녀자리, 황소자리, 자리를 만든다
별들 사이 거리로 만들어진 별자리
그 별자리에 따라 운명이 달라진다
그러나 저 별들의 깊이를 볼 수 있다면
여기까지 달려온 그 힘겨움의 차이를 볼 수 있다면
운명도 사랑 앞에 무릎을 꿇으리라

미분(이차함수의 곡선을 바라보며)

잘게 나눈다
그렇지! 이것이 한계다
매끄러운 곡선은 잘게 나누는 개념이라는
선분으로서만 얻어진다
극한으로 치닫는 무모함
그 처절한 저편에서 이데아의 모습으로만
미소짓는 곡선
무한과 유한의 절충
종국에는 백기를 들고 마는 이 서글픔, 이 좌절
무한은 유한에게 손을 들 수밖에 없다
유한은 무한에게 손을 내밀 수밖에 없다
곡선이라는 아름다움은
무한과 유한의 절충일 수밖에 없다

본래무일물(本來無一物)

불은 어디에도 없었다
나무와 나무, 돌과 돌이 부딪히기 전까지는

소리는 어디에도 없었다
물이 흐르고 바람이 불기 전까지는

혼자서는 그 무엇도 일으킬 수 없고
그 무엇도 스스로 일어나는 것은 없다
불, 물, 바람, 소리 등등…

이 세상도 마찬가지다
이 세상도 없었다가 일어났다

불처럼 소리처럼 그 아닌 다른 것들이
모여서 부딪혀서 일어난 것이다

불이 사라지고 물이 마르듯이 이 세상도 결국 사라진다
긴 시간으로 보면 이 세상도 잠깐 타올랐다 사라지는

불일지도 모른다

그래서 헤라클레이토스는 이 세상을 불이라고

정의내렸던 모양이다

쇼펜하우어는 그 불을 맹목적 의지로

니체는 끝없는 자유를 나투는 초인의 원초적 힘으로

보았을 것이다

본래 이 세상은 없었다

禪적 표현으로 한다면

本來無一物이다

꿈이고 도깨비이자 환영일 뿐이다

그래서 우리는 자유로워야 한다

그림자가 춤추는 것에 매혹될 필요는 없는 것이다

꿈속에서 천 길 절벽에서 떨어진다 한들

깨어 보면 이불 밑 한 뼘도 안되는 그 자리이다

무아(無我)

땅거미 질 무렵의 세상을 보라
모든 사물들이 윤곽만 남기고
저 가을 하늘로 떠났다
내일 아침이면
그 부드러운 속살을 볼 수 있겠지
내일 아침이면 그들이 당당히
이슬을 머금고 수줍은 듯 미소 짓겠지
그러나 무아는 괴물처럼 또
이슬을 말리는 햇님으로 나타나겠지

홍운탁월(烘雲托月)

구름을 그을려 달을 드러낸다.
서양화와 다른 동양화의 기법이다.
동양화가 모두 수묵화는 아니다.
그러나 수묵화로 한정해서 봤을 때
달은 먹으로 칠하는 대상이 아니라
물을 많이 머금은 옅은 먹으로
마치 살짝 그을린 것과 같은 구름을 만들어
둥그렇게 드러나게 하는 것이다.
그리고 그 달은 물과 먹을 섞어서 붓을 적셔
그림을 그리기 이전의 백지이다.
아무것도 섞이기 전 태초의 모습을 그대로 간직한 채
구상화되고 사물화된 달이다.
그러한 달이 은은히 빛날 때
바람에 일렁이는 댓잎 몇 개가
달을 살짝 가리는 수묵화!
달뿐만 아니라 실체로 보이는 그 어떠한 것이라도
실상은 텅 비어 있으며
그것은 그 아닌 다른 것들이 관계 맺어져
나타난 것에 불과하다는 것을 보여준다.

구름 그늘

화창한 가을 하늘, 따스한 햇볕
선뜻 드리운 옅은 그늘에 놀라
하늘 힐끔 쳐다보면
뭉실뭉실 뭉게구름 흐르다
쨍쨍한 햇님 가리운다

모래시계

모래와 중력으로 시간을 잰다
원통 중간의 개미허리를 통과하려면
잘디잔 모래여야 하고
일정한 크기에 바싹 말라 있어야 한다
소리 없이 흘러 바닥에 쌓이면
용량에 따라 일 분, 십 분, 한 시간…
거꾸로 엎으면 다시 또 그만큼의 시간
밤하늘에 은빛 모래처럼 흩뿌려진 별들
희부옇게 동이 터오면
어느 개미허리를 지나갔는지
모두 사라져 버리고
너무 커서 빠져나가지 못했는가
동쪽 하늘엔 샛별만 반짝반짝

어디선가 본 적이 있다

어디선가 본 적이 있다
처음 가는 낯선 곳
막다른 골목길 파란 대문 집
유년의 기억 속 술래잡기할 때
저 파란 대문 안쪽에 숨어 있었지
고개 들어 바라보던 여름하늘 뭉게구름
지금 보는 구름과 똑같아
생생한 기억과 순간의 혼란
바람 부는 날 어두운 창밖을 바라보면
흔들리는 잎새가 흘낏흘낏 곁눈질하고
그때마다 아무 일 없다는 듯
괜스레 눈을 돌려 허공을 바라볼 때
어디선가 본 적이 있다
이 순간의 멋쩍음을
세상과 섞이지 못하고
비틀비틀 흔들리며 먼 하늘 바라볼 때
어디선가 본 적이 있다
익숙하지 않은 낯선 내 모습

검은 순수

밤이 되어 하늘이 어둡기 전
땅이 먼저 어두워지는 이유는
노을의 아름다움을 드러내기 위함이다
지상의 많은 것들이 먼저 잠들고
하늘의 별들이 초롱초롱 빛나는 것은
검은 순수에 대한 예의이다
낮이라는 하얀 결백은
지상의 모든 것을 드러내주지만
거울 속 자신의 모습을 보고
부끄러워 노을 속으로 숨어들 때에야
번뇌가 곧 깨달음이라는 것을 알아차리는 것이다
하얀 결백과 검은 순수는
숨막히도록 아름다운 노을 속에서
하나가 되는 것이다

오늘

장미 속에 가시가 숨어 있는 게 아니라
가시 속에서 장미가 피어나는 것이다
바람 불어 좋은 날이지
좋은 날이어서 바람이 부는 게 아니다
삶의 고해 속에서 행복은 찾아들고
어깨를 들썩이는 울음 뒤에야
마음의 평온은 얻어지는 것이다
예쁜 장미가 가시를 품고 있듯
호수 위 우아하게 떠있는 백조가
수면 아래에서 요란한 물갈퀴 짓을 하듯
누구나 보이지 않는 곳에서는
아픔을 감추고 힘들게 살아간다
삶이란 그런 것
굳이 가면을 벗을 필요도 없지만
힘들게 가면을 써야 할 이유도 없다
그저 오늘처럼 바람 불어 좋은 날이고
햇빛 맑으면 좋은 날이다

지문(指紋)

자신만이 가지고 있는 오묘한 뒤틀림
누구나 자신의 지문이 있다
"민주주의여! 만세!"를 외치는 근거는
지문이 모두 다 다르다는 것이다
모두의 손가락에 찍혀 있지만
화인(火印)이나 낙인(烙印)과는 다르다
개념으로 세상을 재단하고
뭉뚱그려 구분을 짓는 못된 버릇
순수한 영혼에 지울 수 없는 화인이 찍히고
거울로도 볼 수 없는 엉덩짝에 낙인이 찍힌 채 살아간다
그러나 지문은 찍힌 것이 아니다
너와 내가 틀리지 않고 다만 다르다는 걸
그리고 우리 모두가 주인이라는 걸
일깨워주는 표식일 뿐이다

햇살

해가 쏘아보내는 햇살
화살은 죽음을 겨냥하지만
햇살은 생명을 겨냥한다
인간의 유위가 만든 과녁을 향한 화살
근처에 가지도 못하고 포물선을 그리며 떨어진다
밤새 이슬에 젖은 강아지똥에
노숙자의 때 묻은 종이박스 이부자리에
밤샘하고 누렇게 들뜬 노동자의 퇴근길 얼굴에
아침햇살은 포물선을 그리지 않고 내리쬔다
지상의 성스러운 과녁을 향해

흔적(痕跡)

상처가 남긴 자리

흔적이라고 한다

순간의 상처가 길게 자취를 남긴다

상처가 아물고 세월이 흐르면 흔적이 남는다

누군가의 미소 짓는 얼굴에서도

술 한 잔에 취해 먼 하늘 바라보는

퀭한 동공 속에서도

흔적은 보인다

흔적은 상처와 다르다

상처는 세월이라는 이명래고약을 붙이기 전이다

흔적은 오랜 세월 그 고약을 붙이고 나서 떼어낸 자국

더듬어 보면 굴곡진 밋밋함이 만져지는 흔적

이제는 가늠할 수조차 없는 그 때 그 상처

흔적으로 남아 있다

차가운 가을바람 불면

밤하늘엔 별들이 소름으로 돋고

가슴속엔 흔적으로 봉인된

옛 상처가 열린다

창(窓)

어두운 창밖, 밝은 실내
안과 밖을 가르는 창
밖을 내다보면 안밖에 보이지 않는다
어두움을 보려면 창을 치워야 한다
그러나 그 누구도 투명한 창을 통해서만
어두운 밖을 보려고 한다
투명이라는 거짓
안의 안온함만 되비치는 투명
어둠의 속살은 투명한 창을 깨뜨릴 때만
그 깊은 심연을 보여준다

2부
아교에 대한 단상

평미레〔概〕

옛날 싸전에서
됫박에 수북이 쌓인 쌀을
평미레로 깨끗이 밀지 않고
끝부분에서 살짝 멈춘다
종이봉지에 담으며 웃는 모습이
야박하지 않아서 좋다
개념(概念)도 그렇다
생각을 평미레로 깨끗이 밀어서
공통된 것만 찾으면
이데아밖에 더 되겠는가
옛날 싸전에서 밀듯이
살짝 여분을 남겨 둔다면
생각도 차갑고 야박해지지 않고
따뜻하고 풍성해질 것이다

통마늘

충청도 서산 마늘, 한 단에 만오천 원
길가에 배불뚝이 늙수그레한 아저씨가
일 톤짜리 트럭을 받쳐 놓고 손님을 기다린다
마늘철이라고는 하지만
젊은 아줌마들은 마트로 가서
그때그때 필요한 만큼
비닐 포장된 깐마늘만 찾는다
가끔씩 할머니들이 들러 이리저리 둘러보면
배불뚝이 아저씨는 신이 나서
할머니들과 농을 섞어 마늘을 판다
깨끗한 장바구니에 세련되게 담겨 있는
비닐 포장된 깐마늘보다
길다란 마늘대 끝에 달려 있는
서산 땅 황토흙 묻어 있는 통마늘!
마늘이 하늘에서 뚝 떨어진 게 아니라
하늘과 땅의 뭉툭한 고리라는 걸 가르쳐 주고 있다
사랑이 별거겠는가
마늘대 끝에 달려 있는 흙 묻은 통마늘이다

에어컨

실내의 공기가 차가워지는 대신 실외의 공기가
더워진다.
내가 쾌적해지면 남이 불편해진다.
내가 많이 가지면 남은 그만큼 덜 가지게 된다.
세상의 기본 원리이다.
자본이 절대 도깨비 방망이가 아니다.
착각은 여기서 시작된다.
우리 몸에서 이런 착각을 하는 놈이 바로 암세포이다.
결국 죽음의 그늘로 이끈다.
부처님이 말씀하셨듯이 부증불감(不增不減)인 것이다.
늘지도 않고 줄어들지도 않는다.
제로섬 게임은 굳이 할 필요가 없다.
증오만 남기고 아무 소득도 없는 게임!
사랑은 게임이 아니다.
넘치면 흘러보내고 빈 곳이 있으면 채워주는
물과 같은 것이다

상현달

배가 불룩해졌다
며칠 후 보름이면 해산할 것이다
달은 한 달에 한 번
수태와 출산을 반복한다
하늘에 수많은 별들이 태어났다

가로등

밤길 걷다가 문득
가로등을 본 적 있는가
일정한 거리를 두고
슬프게 우는 걸 본 적이 있는가
횅한 거리 저 끝까지 아스라이 멀어지면서
흐느끼는 것 본 적이 있는가
그 옛날 아프게 울던 너의 모습
한 발 한 발 가까이 다가갈수록
멀어지면서 흐느끼는 모습 본 적이 있는가

새벽바람

여름은 죽었다
단 하룻밤 사이다
연속은 없다
양에서 질적 도약이다
늘어진 피부에서 소름이 돋는 새벽바람
혁명도 이와 같을 것이다
소름 돋는 새날도 이렇게 올 것이다

임차인(賃借人)

전세 임대기간이 얼마 남지 않았다
재계약도 불가하고 방을 빼고 나면
어디로 가야 할지 막막하다
세상에 세들어 산 지 불과 몇십 년
아무것도 가진 거 없이 들어와
이제 얼마 후면 빈손으로 떠나야 한다
추수 끝난 허허벌판
까마득한 가을 하늘 저 멀리
작은 새 한 마리 날아간다

염색

치밀고 올라오는 하이얀 뿌리
백색은 저승으로 보내는 투항의 신호
아직 항복을 하기엔 이르다면서
한 달에 한 번 검은 색칠을 한다
그래도 기어이 밀고 올라와
바람에 나부끼는 순백의 깃발
어차피 이승의 참호 속에는
새파란 신병들로 가득 차 있어
떠밀리듯 참호를 나서야 한다
뿌옇게 자욱한 포연 저 너머
미지의 세계로 떠나야 한다

인생

흐린 물감으로 퍼져 있던 구름은
바람에 섞여 풀어졌다
멀리 보이는 산허리에는
웅어리진 먹구름 서성이고
잠시 후 작은 별 한둘 반짝인다
지우지 않고 풀어야 한다
바람처럼 살 일이다

돌멩이 하나

반들반들 조그마한 돌멩이 하나
아파트 현관 앞 쌓여진 구청 소식지 위에 놓여 있다
바람에 날려갈 새라 종이보다 조금 더 큰 무게로
누르고 있다
억겁의 세월 보내고 왔으리라
바람에 팔랑팔랑 뒤채이다가
거리로 쓸려 다니는 것이 안쓰러웠으리라
누가 너를 여기에 얹어 놓았는지는 궁금하지 않다
구르고 구르다가 채이고 채이다가
다시 또 구르고 채일 너 아닌 너를 위하여
바람에 파르르 떠는 너를 위하여
지금은 아니야 하는 듯이
조금 더 나가는 무게로
가끔씩 자기도 흔들흔들 하면서
지그시 누르는 작은 돌멩이 하나

루빈의 술잔

오월의 따가운 햇살 아래 바람이 불고
푸른 잎새들은 허공을 할퀸다
루빈의 술잔!
가운데 술잔이 텅 빈 허공으로 보이는 순간
상처 입은 허공이 공격을 한다
모두 다 비어 있고
상처만 남아 있다

경의선

붉은 해가 잠긴다
과녁이 잠긴다
조금만 더 지나면 숨어버려
경의선 화살이 빗나갈 거 같다
하루 일과를 마치고 집으로 가는 사람들
넋 놓고 지는 해를 바라보노라면
달리는 경의선도 그 안의 사람들도
노을 속으로 사라져
우리 모두 정확히 저 붉은 해 한 점 속으로
틀어박힐 것 같다
경의선 열차가 달린다
붉은 해 과녁 속으로 틀어박힌다

이빨

나이가 든다는 건 이빨이 빠지는 것
나 외의 것들을 나로 만드는
원초적 수단이 사라지는 것
마침내는 너를 씹을 수 없게 되는 것
온전히 너를 너로서만 보게 되는 것
그리하여 서서히
내 몸 안에 너를 넣지 않고서도
네가 나로 보이는 것
내가 너로 보이는 것
나이가 든다는 건 이빨이 빠지는 것
이빨이 없는 갓난아기로
돌아간다는 것

아교에 대한 단상

짐승이나 생선의 부산물을 끓여 만든다
주어진 삶을 미처 못 마치고
어떤 한 삶을 위해 자신을 바치고서도
쓰레기처럼 버려진 자신의 부속을
이 세상 온갖 것들을 서로 붙여
하나로 만들기 위해
기꺼이 녹아서 풀이 된다
아교로 붙여져 새로운 하나가 된다
세상에 없던 것들이 만들어진다
죽어서도 천덕꾸러기 취급받던
부산물 쓰레기가
너와 나를 이어주는 사랑의 가교가 된다
새로운 하나가 필요 없어질 때
원래의 너와 나로 돌아가고자 할 때
힘으로 떼어내면 부서진다
차갑게 식은 아교는
오직 따뜻하게 데워서 풀어질 때에야
너와 나를 붙잡은 손을 스르르 놓는다

늦은 밤 편의점 앞에서

돌고 도는 버스도 끊어진 시각
막걸리 한 병 앞에 놓고 잔을 비운다
보름 지난 달님도 한쪽이 이지러져
둥그런 잔을 비우기 시작한다
돌고 도는 모든 것이 그렇다
잠깐은 쉬어야 하고 비워야 한다
지나간 추억
잊을 수 없는 것은
술잔을 비우듯 비워야 한다

가랑비

가랑비에 알맞게 젖은 검은 아스팔트 차도
멀리서 달려오는 차량의 불빛
아스팔트 위로 멀고도 깊다
빛과 에너지를 내어준 쓰레기 아스팔트
죽은 어미의 시커먼 송장 위로
찬란한 자식이 달린다
눈물처럼 내리는 가랑비에 젖은 아스팔트
그 눈물로 달리는 불빛을
멀고도 깊게 품어준다

개미

하나의 점이 선이 되어 이차원 평면을 가른다
아무리 높이 올라도 조망하지 않는다면
이차원 평면이다
삼차원 공간에서 바라볼 때
개미는 높은 나뭇가지 끝에 매달려 있어도
이차원 평면에 살고 있다
백척간두에 진일보!
허공에 높이 발을 들어 허우적거리다가도
가지 끝에 움켜쥔 마지막 발을 놓지 못한다
차원 이동은 익숙함과의 결별이어야 한다
다시금 이차원 평면으로 돌아오더라도
떨어지는 그 아뜩한 순간
그 찰나의 자유를 맛봐야 한다
구질구질하게 가지 끝에서 물구나무서서
다시 그 가지를 타고 내려온들
다시 또 이차원 평면이다
똑같이 땅을 가르고 기어도
가지를 타고 내려온 개미는

비록 바람에 실려 떨어졌더라도
차원 이동을, 자유를 맛본 개미의 미소를
이해할 수 없으리라

수취인 불명

많은 물음을 던졌다
대답은 수취인 불명
의문은 무엇이든 가질 수 있다
어디에 던지는가가 문제다
사랑의 편지를 정성껏 써도
그 사람에게 도달하지 못하고
수취인 불명으로 돌아온다면
물음 자체가 대답의 내용으로 되돌아오는
수취인 불명!
사실 이것이 답일 수 있다
물음이 이미 대답을 내포한다는 것
어디에 던져도 돌아오는 건
수취인 불명의 낙인이 찍힌
곱게 써내려간 나의 편지, 나의 물음
절절한 사랑의 고백도
극한으로 치달은 '나는 누구인가'의 물음도
다시금 되돌아와 눈앞에 펼쳐진다
수취인 불명의 세계
어디에 던져도 나에게 돌아온다

대청마루

천년고찰의 대청마루
오랜 세월 닳고 닳으면
나무도 유리가 된다
선승들이 가부좌 튼 자리
동자승들이 뛰놀던 자리
모두 다 떠나보낸 대청마루
반들반들 흑진주가 되어
무심한 달빛 산빛 비친다

철길

닿지 않는 평행선
저 끝에서 점으로 하나 되지만
도달해 보면 일정한 간격으로 벌어져 있다
멀리 떨어져 보면 하나
가까이 보면 만날 수 없는 둘
한적한 철길을 걷다가 귀를 대보면
멀리서 다가오는 철커덩 바퀴 소리
굉음을 울리며 한 점으로 사라지는 기차
점으로 와서 점으로 사라지는
평행선 이 세상
하나인 듯 둘, 둘인 듯 하나
가끔은 철길 저 먼 곳을 바라봐야 한다

잎맥

바싹 마른 낙엽을 들여다본다
한 때 손등에 불거진 푸른 정맥의 뻗침
하늘과 땅을 이어주는 꺼지지 않는 분수
이제 더 이상 광합성도 하지 않고
물도 길어 올리지 않는다
가을이라는 계절의 칼은
가지 끝에서 어김없이 도려낸다
누군가의 발길에 채이고
또 누군가의 책속에 들어가 미라가 된다
바삭하게 마른 낙엽의 잎맥은
모두가 하나일 때의 푸르름을 잃었다
바람 따라 하늘 높이 솟구쳐도
지상에 사뿐히 내려앉아 수북이 쌓여도
하늘과 땅은 이미 손을 놓아버렸다
온 산에 버림받은 낙엽투성이다
다시 손을 잡는 방법은
자신을 도려낸 나무 아래에서 썩어
거름이 되는 것뿐이다

바스락거리는 낙엽을 밟는다

낙엽 하나 주워들고 부서진 잎맥을 본다

우리는 어디에서 썩어

저 하늘 저 땅과 다시 손잡을 수 있을까

아직 푸른 피가 뻗치는 손등을, 잎맥을 바라본다

커다란 몸통의 이파리 하나하나인 우리도

가을의 칼날을 피할 수 없다

잘 썩어서 거름이 되어

너와 나의 구분이 사라진 하나로

다시 태어나고 싶다

아이스크림

쌀쌀한 날씨에 한 입 베어 문 아이스크림
더운 여름날 허겁지겁 먹는 맛과는 다르다
지루한 여름을 보내고 서늘한 가을 기운에 살짝 몸을
웅크린 채 먹는 아이스크림 맛
바깥의 한기와 하나되면서도 달콤하다
오십 줄 후반을 달리는 친구들
젊은 시절 땀 뻘뻘 흘리며 달려와
이제 가쁜 숨 고르며 허연 머리 바람에 맡긴 채
인왕산 기슭에 섰다
높은 고개 오르기 마다하고
구부정한 비탈길만 타다가 내려온
가을 햇살 같은 중늙은이들 몇몇이
영천시장 안 대포집에서 웃음꽃을 피운다
쓸쓸한 날씨에 옷깃을 곤두세우는
가을날 아이스크림 같은 저녁 햇살
등 돌려 집으로 돌아가는 친구들 어깨 위로
하얀 아이스크림에 박힌 빨간 줄무늬처럼
석양빛 곱게 물든다

말풍선

가끔 이런 생각을 한다
새벽 출근길 거리에 섰을 때
새벽 첫차가 다가와도
번호판이 보이지 않을 정도로
뿌연 안개가 감싸고 있을 때
버스에 올라 자리 잡고 앉으면
유령 같은 노동자들 몇몇이 졸고 있고
성에 낀 유리창엔 부스스한 낯선 얼굴 비칠 때
이 모든 풍경이
만화 속에서 꿈을 꾸는 주인공의
말풍선일 뿐이라고

달의 슬픔

하늘의 달도 그만큼의 테두리를 짓는다
그 안에서만 찌그러졌다 가득 찼다 반복한다
달은 온전하지만
달을 보는 자에게는 온전하지 않다
달이 초승달에서 보름달로
보름달에서 그믐달로 가는 게 아니라
달을 보는 자가 이름 붙이고 만드는 것이다
저 멀리서 어떤 이가 우리를 본다면
똑 같이 이야기할 것이다
태어나서 살다가 병들어 죽는다고

박제

박제된 새 한 쌍이 창틀에 앉아 있다
깃털이 하얀 작은 새 두 마리
영혼을 잃어버린 까만 두 눈으로
앞뒤로 나란히 앉아 하얀 벽을 보고 있다
썩기 쉬운 내장과 뇌수를 긁어내고
가죽과 깃털로만 만들어진 박제
썩을 대로 썩어버려 일부러 긁어내지 않아도
스르르 녹아내릴 내장과 뇌수로 가득 찬
박제가 될 세상 속에서
공허한 두 눈을 던지고 있다

손깍지

잿빛 하늘
앙상한 겨울나무
어둑한 북한산 기슭에서 보았다
하늘과 땅이 손깍지를 낀 것을
하늘 향해 벌린 마른 손가락
버석거리는 바람으로 다가가기 부끄러워
펄펄 내리는 함박눈으로 흠뻑 적신 뒤
달님도 잿빛 구름으로 가리고
슬며시 다가와 한 틈의 빈곳도 없이
꽉 잡아주는 저 하늘의 손가락

잘 차려진 밥상에는 슬픔이 있다

잘 차려진 밥상에는 슬픔이 있다
한 상 잘 차려진 꽃밭에도 슬픔이 있다
눈물은 어디에서 오는가
모두가 옹기종기 둘러앉아 한 상 받을 때
듬성듬성 비어 있는 자리
봄이 오면 슬퍼라
찬란한 햇살, 목련꽃 그늘 아래
하얀 벚꽃 하늘하늘 떨어져도
길게 드리운 꽃가지 그늘이
바람 따라 이리저리 젓가락질해도
비어 있는 저 자리로 갈 수 없어라
봄이 오면 슬퍼라
가슴 아파라

막

실루엣이 어리고
양수가 터질 듯 두드린다
흐린 하늘 저 편
엷은 구름막 위로
별들의 두드림
반투명 질긴 슬픔
찢어야 울음을 터뜨리는
일막삼장(一幕三場)

지렁이의 꿈

비 내리는 동네 공원을 산책하다 보면
커다란 지렁이 몇 마리가 꿈틀꿈틀 길가로 기어나온다
땅속에만 있기가 갑갑했는지
촉촉한 물기 머금은 산책길 한가운데까지 나와
느릿느릿 꾸불꾸불 샤워를 한다
비가 개이고 햇빛이 쨍쨍한 다음 날 오후
말라 비틀어져 길가에 구부정히 누워 있는 지렁이
햇빛이 나고 온몸의 수분이 말라가면
떠나온 그늘진 수풀 밑 축축한 흙속으로 돌아가고자
부지런히 움직였으리라
이제는 미라가 되어 발끝에 채인다
온몸을 적시는 환희에 들떠
비에 젖은 산책길 보도블록 위를 유영하던 너
어두컴컴한 땅속의 많은 지렁이들은 알까
돌아올 수 없는 길을 떠나 미라가 되어도
잠시의 환희에 온몸을 떨며
새로운 세상과 하나됨을 맛보았던
저 말라 비틀어진 지렁이의 꿈을

삼류극장

삼류극장에서 필름이 끊어졌다
화면 가득히 소나기가 줄을 긋고
주인공들의 대화보다는
소나기 소리 요란해도
어느 정도 줄거리는 알 수 있었다
극장 안이 암흑으로 변하고 필름이 끊어지고
휘파람 소리, 야유 소리
잠시 후 이어지는 빗줄기와 빗소리
동시상영 변두리 삼류극장
'미워도 다시 한 번'에서 손수건을 적시고
'외팔이 왕우'의 고독한 뒷모습을 바라보았다
소나기 세례도 없는 깨끗한 복합상영관에서
사운드 빵빵한 영화를 보고 나와도
그 시절 삼류극장이 그리워지는 건 왜일까
유치한 내용과 신파적인 대사들이
'매트릭스'의 철학적 대사들보다
심오하게 다가오는 건 왜일까

오선지

당신은 여기에 걸려 있었죠
저도 그 줄이 무언가를 모를 때는
한참 동안 생각을 했었어요
그러다 알았지요
세상이 오선지라는 걸
당신이 발버둥을 칠 때마다
당신의 손과 발이 음표가 되어
길고 짧게 혹은 빠르고 느리게 움직일 때마다
때로는 경쾌한 소리가
때로는 어둡고도 슬픈 소리가 울렸지요
오선지 거미줄은 이미 쳐져 있었고
당신은 위 아래로 탈출을 시도해보지만
끈적이는 오선지를 벗어날 수는 없었어요
그러나 어찌 알았겠어요
오선지 거미줄은
사랑과 혁명과 그 아픈 추억들을
장조보다는 단조로 연주한다는 것을
오선지 잘못이 아니죠

당신의 몸부림이
당신의 손과 발의 두드림이
그렇게 만들었을 거예요
이제 음악이 끝나고
보이지 않는 지휘봉은 멈추겠지요
한참 동안의 여운이 가시면
거미가 아침이슬을 털고
다시 거미줄 위를 걷듯
당신도 그렇게 다시 오선지 위에 서겠지요
밝고도 해맑은 얼굴로 경쾌하게

작은 새

작은 새 한 마리가
여린 나뭇가지에 앉았다 떠난 자리
아쉬운 듯 하늘거리다가
이내 멈췄습니다
우리들 마음자리에 날아든 모든 것
여린 나뭇가지처럼
보내줄 수는 없을까요
비록 잠시 동안 흔들리더라도 말이죠

주름

해질녘 노을도 주름이 진다
옅은 주황빛에서 검푸른 빛으로
짧은 순간순간 변하는 색들의 향연
아무도 그 찰나의 색은 이름을 붙이지 못할 것이다
어떤 화가가 이 모든 색들을 그릴 수 있을까
음악이라고 다를까
세상은 우주는
이름 붙인 색으로 표현하고
이름 붙인 음으로 표현한다
이름 없는 색과 음은 무엇으로 표현할까
이름 없는 그 숱한 사랑은
말도 없이 사라져간 그 모든 아픔들은
주름이 져 있다
우리가 애써 피하려고 해도
우리들의 눈동자에, 우리들의 가슴속에,
그리고 저 노을 속에

내 안의 물고기

지느러미가 자판을 친다
밀도가 높은 바닷물을 가르다가
육지로 올라와 진화의 지난한 과정을 거쳐
낮은 밀도의 공기를 가른다
아가미 호흡을 거쳐 폐호흡을 하게 되고
앞으로 나아가려 젓던 지느러미가
도구를 만들고 불을 피우는 손이 되었다
손이 정신을 만들었고
그 정신은 저 머나먼 우주로
노 저어 나가는 또 다른 지느러미가 되었다
내 안의 물고기
어디로 유영할지 모르겠다
비 갠 하늘 저 멀리 보이는 한가위 보름달
바다 속 물고기가 보았던
희미하면서도 노랗게 번지던
또 다른 둥근 원반인지도 모르겠다

이발소에서

매일매일 자라는 것이 머리카락만은 아니다
나이 들어 키는 오히려 줄어드는데
머리칼은 한 달에 한 번씩은 깎아주어야 한다
죽어서도 자란다는 몸의 털
육신의 장기들이 그 기능을 멈춰도
육신을 둘러 싼 털들은 미련이 남아 있다
아마 이 세상도 그럴 것이다
해와 달이 멈추고 파도가 철썩이지 않아도
지상의 많은 터럭들은
꽃으로 잡초로 조금은 더 밀어 올릴 것이다
그냥 스러지기엔 안타까워
푸른 미련을 남길 것이다

무한 리필

한 번 두 번 세 번
많아야 세 번이면 끝난다
그래도 무한 리필이다
배가 터질 것 같으면
아무리 욕심이 나도 손을 내려놓기 마련이다
유한한 인생을 살아가도 무한히 살고 싶다
가버린 사랑에 가슴 아파도 새로운 사랑을 꿈꾼다
사실과 욕망의 간극
그 틈을 메우는 게 무한 리필이다
서울 변두리 술집 골목
돼지갈비 일 인분 만 원에 무한 리필
빼곡히 자리 잡은 좌석들 사이로
혹시나 빈자리가 있나 두리번거린다

김치를 맛있게 먹는 법

칼을 댄다는 건 자른다는 것이다
일정한 규격으로 가지런하게 예쁘게
김치를 맛있게 먹어본 사람은 안다
갓 지은 하얀 쌀밥에
포기김치를 손으로 죽죽 찢어 얹어서
한입 가득히 넣어 먹어본 사람은 안다
같은 김치라도 맛이 다르다는 걸
세상은 날카롭게 자르고 분석하면
멋은 있을지 몰라도 맛은 없다
결 따라 찢고 수학이 배제된 맛과 아름다움
좌변과 우변이 진정 같으려면
자르지 않고 찢어야 한다
알 수 없는 결들의 하모니
잘린 단면으로는 배일 수 없는 맛
사랑의 맛이 있다면
찬밥 한 덩이 물에 말아 먹을 때
엄마가 손으로 죽죽 찢어서 얹어주던
신김치, 바로 그 맛일 것이다

청국장

그 옛날 안방 구들장 아랫목에서 뜨여진 청국장
몇 날 며칠 누런 광목에 싸여 짓이겨지다 펼쳐보면
찐득찐득한 진이 거미줄처럼 늘어졌었지
그 청국장 한 국자 떠 넣고 두부 숭숭 썰어 넣어 끓이면
커다란 냄비에 여섯 식구 코 박고 정신없이 퍼먹었었다
추억은 혓바닥과 코에서 그리고 아련히 들리는 귀에
서만 되새김질 된다
눈이 할 수 있는 것은 기특하게도 거미줄처럼 죽죽 늘
어진 청국장진만이 유일하다
오늘 우연히 들른 북한산자락에 숨어 있는 청국장집
구수한 청국장 맛과 냄새가
더 먹그레이 많이 먹그레이 하며
연신 재촉하는 엄마 목소리와 함께
푸근하게 메아리친다
오늘 밤은 거미줄처럼 죽죽 늘어진 청국장진으로
고치를 지어
아늑하고도 깊은 잠 한번 자봐야겠다

낙엽

나무들은 안다
빚진 만큼 되돌려 놓아야 한다는 것을
가을이 되면 노랗고 빨갛게 타오르고
바람에 실어 대지에 떨굴 줄을 안다
수줍어 할 줄도 알고 겸허할 줄도 안다
봄 여름 햇빛에 달궈지고
별빛, 달빛에 숨 고른 뒤
꽃을 피워 열매를 잉태하면
미련 없이 떨어진다
수북이 쌓인 잎새들은 바람결에 춤을 춘다
세찬 바람이 불어 떠나온 가지 위까지 올라가도
다시 또 하늘하늘 나무 밑으로 내려온다
겨울 흰 눈에 덮여 사라져도
내년 봄이면 다시 또 푸른 새싹으로 움틀 것이다
부서지고 사라지는 것도 격이 있다
아름답게 온 세상을 물들이고 가는 것은
세상에 대한 예의이자 나무의 격이다

사랑

사랑은 흐릿한 것
새침을 떨면 안 되지
너와 내가 구분된다면
사랑이 아니지
그렇다고 하나로만 있다면
재미가 없지
사랑이 아니지
사과를 양 손으로 쪼갤 때
쫙 소리가 나면서 쪼개지기 전 까지가
사랑이지
얼굴에 붉은 힘줄 주면서
서로 나누려고 힘쓸 때까지가
사랑이지
그렇지만 아무 힘주지 않고
너에게 그냥 건네줄 수 있다면
아삭 하면서 한입 베어 무는
너의 그 소리에 내 심장이 멎는다면
바로 그게 사랑이지

소리

소리는 물질이 아니라 공기의 떨림이다
늦가을 낙엽 밟는 바스락 소리
겨울 새벽 눈 내리는 사그락 소리
보이는 건 물질이고 보이지 않는 건 떨림이다
보이건 보이지 않건 일정 기간 나타났다 사라진다
존재한다고 이야기들 한다
텅 빔이 거의 다인 물질도 바르르 떨고 있다
본다고 말하지만 사실은 듣고 있는 것이다
떨고 있는 너와 듣고 있는 나
떨고 있는 나와 듣고 있는 너
첫사랑의 가슴 떨림
태초에 말씀이 있었다

유화(油畵)

동녘 저편 여명이 비치기 전 하늘
붉은 페인트로 굵고 길게 그어져 있다
그 위로는 온통 짙은 남색 페인트칠
거대한 캔버스에서 나는 페인트 냄새
새벽바람에 실려 코끝을 찌른다
캔버스 저쪽 귀퉁이에 반짝이는 작은 점 하나
샛별을 바라보며 나는 그대로
그림 속으로 들어가 버린다

막걸리

찌그러진 양은주전자에 담겨
뽀얀 속살이 찰랑찰랑
사발 한가득 따르면
희미한 형광등 불빛 어린다
비틀거리는 걸음으로 나와
담배 한 대 붙여 물면
하늘에서 귀양 온 별빛들이
지상에서 저리도 빛나고
저 하늘엔 달님 혼자 외로이
푸근한 달빛 내려준다
삐꺼덕 문을 열고 자리에 다시 앉아
형광등 불빛 어린 막걸리 위에
푸근한 달빛 얹어 들이키면
외로움이 썰물 되고
그리움이 밀물 된다

막걸리라는 이름

여름 장수막걸리는 유통기한을 넘기면 불안하다
냉장고에 있었더라도 마셔보면 묵직한 쓴 내
여기서 한 달 정도만 더 놓아두면
아마도 막걸리 식초가 되어 있을 것이다
시원하게 마실 수 있는 막걸리에 걸맞는 기간은 딱
일주일
그 일주일이라도 하루하루 지날 때마다 맛이 다르다
막걸리라는 이름
유통기한을 지나 식초라는 이름에 더 방점이
찍힐 때까지
지나온 그 무수한 순간들엔 이름이 없다
점점이 찍힌 그 알량한 이름들로
세상을 바라보고 재단한다

겨울나무

거미줄이었을까
고개 들어 언뜻 바라본
마른 나뭇가지들의 엉킴이
마치 거미줄과 같았어
그 사이사이로 보이는 하늘
저 멀리 작은 새 한 마리 날아가고
나는 갈 곳 잃어 우두커니 서있었어
거미줄에 무엇이 걸리듯
저 나뭇가지에는 무엇이 걸려줄까
하늘은 무겁게 내려앉았고
바람은 불었지
흔들리는 마른 나뭇가지를 보며
보이지 않는 바람만이
걸림 없이 걸려있다는 것을
뒤늦게 알았던 거야
거미줄 같은 나는
무엇을 그렇게 기다려 왔을까
흔들리며 그렇게 보내 버리면 되는 것을

흑백사진

돌고 돌아 돌아보면 어느덧 그 자리
낡은 그 자리는 언제나 흑백사진
이름 모를 누군가 앉았다 간다
이제 조금 길게 앉아 옅은 한숨 쉬는 너
흰머리 잔주름이 카메라에 잡히고
변함없이 조명은 비추이는데
찰칵 소리 지나가면 자취도 없어
다시 또 이름 모를 누군가 앉았다 간다
흑과 백은 그림자의 여운
사라진다는 건 낡은 긴 소파의 음영
사랑은 치우지 못한 소파 밑 수북한 먼지

희끼

고기를 잡으러 산으로 간다
부산 가덕도 앞바다에 봄이 오면
산란하기 위하여 숭어 떼가 돌아온다
바다에 면한 가덕도 산중턱 움막에는
삼십 년 경력의 어로장이
낮이고 밤이고 바다를 내려다본다
숭어가 다니는 길목 아래 그물을 설치하고
낮에는 바다 색깔의 변화를
밤에는 희끗희끗한 희미한 빛을 찾는다
일반인의 눈에는 보이지 않는
바다색의 변화와 희미한 빛
마침내 걷어 올린 그물 속에는
수천 마리의 숭어 떼가 요동을 친다
바다 밑 수면 아래로 떼지어 다니는
한 줄기 기다란 욕망의 숭어 떼
바다에서는 보이지 않지만
바다를 멀찍이 떠난 산중턱에서는 보인다
늙은 어부가 한밤중 망루에 걸터앉아

아무나 볼 수 없는 숭어 떼의 희미한 빛,
희끼를 찾는다
보이지 않는 곳으로 유영하고 다니는
거대한 욕망의 숭어 떼
멀리 떨어져 바라보면 보인다
내 가슴속에서 헤엄쳐 다니는
거대한 욕망의 무리들
저 멀리 높이 솟은 망루 위에서
희미한 빛, 희끼를 찾아
커다란 그물 한번 들어올릴 일이다

너에게 나를 보낸다

주체가 사라지면 객체가 된다
나라는 관념이 사라지고
너로 보아왔던 모든 것들이 내가 된다
나는 사라지지만 커다란 내가 나타난다

"天地者萬物之逆旅요
光陰者百代之過客이라"*

"천지는 만물이 쉬어가는 여관이요
세월은 영원히 지나가는 나그네로다"

공간은 커다란 내가 쉬어가는 곳이고
시간은 작은 내가 나그네의 모습으로 잠시 나타났다
사라지는 꿈일 뿐이로다
먼 하늘 바라보며 뿌옇게 흐려지는 눈동자
너와 나의 국경선
이제 나는 너에게로 간다
이제 너는 나에게로 온다

시간이 공간으로 되는 지점
나그네가 봇짐을 풀고 늘어지는 곳
너에게 나를 보낸다

* 李白의 〈春夜宴桃李園序〉에서

초승달

오른쪽으로 살짝 기울었다
깎아 버린 손톱 같기도 하고
검은 장막을 날카롭게 벤 듯도 하다
손톱이라면 떨어져 나왔고
베인 틈이라면 장막 속을 보여준다
배경은 어디라도 좋다
이쪽과 저쪽은 같다
문제는 날카롭게 베어진
저 손톱, 저 틈에 있다

낙화(落花)

봄에 내리는 눈
꽃잎 하나하나 번지점프를 한다
우수수 떨어지며 하늘하늘 비상한다
지상으로 귀환하는 짧은 순간
허공에 머무르며 주고받는 이야기들
이리저리 흩날리며 봄볕 가득한 하늘을
만끽한다 애무한다
떨어지는 꽃잎들 사이사이
하르르 떨며 침묵하는 작은 허공들
벚꽃의 번지점프
낙화의 마지막 순간
발목에 묶은 고무줄을 자른다

지구

태양을 향해 등을 돌리면
또 다른 태양들이 별이라는 이름으로 떠오른다
핏빛 노을의 상처가 아물어야
떠나온 저곳을 추억할 수 있다
어둠의 깊이는 가늠조차 할 수 없는데
밤을 꼬박 새워 떼어버린 탯줄을 찾는다
다시 또 여명의 붉은 피를 흘리고서 맞이하는
태양 아래의 세상
감히 두 눈 뜨고 쳐다볼 수는 없어도
저 태양 저 너머에는
깊은 어둠 속에 피어난 별무리가 있다는 걸
등을 돌리고서야 알아버렸다
노을과 여명의 피비린내를 맡고서야 알아버렸다

이방인

어제까지 본 것들이 오늘은 낯설다
마치 처음 본 것 같다
익숙한 것으로부터의 결별
어디로 멀리 떠나야만
이방인이 되는 것이 아니다
지금 이 순간
견딜 수 없을 만큼 모든 것이 낯설어질 때
이방인이 되는 것이다
황야의 스트레인저!
고독한 휘파람 소리에 실려
지평선 저 멀리 뿌연 흙먼지 일으키며 다가오는
말발굽 소리만이 아니다
나를 둘러 싼 모든 것들이 자욱한 흙먼지이고
재깍재깍 시계 초침 소리가 말발굽 소리이다
흙먼지가 걷히고 말발굽 소리가 그치면
악당들 몇몇이 모습을 드러낸다
이방인의 총구가 번개같이 열리고
다시 또 지평선 멀리 한 점으로
이방인은 사라진다

수제비

물수제비 뜨듯이 갈수록 잘게 떠 넣던 수제비
얼마 남지 않은 밀가루를 쓸어 담아 반죽을 한 뒤
맹물 끓여 떠 넣고 왜간장 풀어먹던 수제비
동네 개천에서 넓적한 돌을 골라 옆으로 힘껏 던지면
처음 몇 번은 크게 튀기고 멀어질수록 자지러지다가
사라지는 물수제비
크게 한 입 먹고 싶어 뭉텅뭉텅 끊어 넣다가
엄마 잔소리가 생각나 갈수록 작고 얇게 끊어 넣던
밀가루 수제비
오늘 갖은 양념에 고기도 몇 점 보이는 수제비를 소주
곁들여 먹는다
밤하늘에 차례차례 보이는 별빛
아득히 희미한 작은 별 하나
개천 끝까지 가서 사라지는 물수제비

사랑을 하려거든 황사와 같이 하라

사랑을 하려거든 황사와 같이 하라
까맣게 타들어간
메마른 네 가슴 한 켠 사막에
소용돌이 모래바람 일으켜라
그리하여 그 사람 눈앞이 뿌예져서
정신 못 차리고 숨도 쉬기 힘들 때
천천히 아주 천천히
그 사람 폐부 깊숙이 가슴속에 내려앉는
가슴앓이 황사가 되어라
이 망할 놈의 봄날이 지나면
타들어가 먼지가 된
네 가슴속 사랑도 띄우지 못하리
세상 모든 것이 윤곽을 잃고
네 처절한 한이 하늘을 덮는
황사가 되어라

비와 인생

오랜만에 내리는 비는
추적추적 길게도 내린다
빗소리를 안주 삼아
소주 한 잔 기울이는 밤
변두리 삼류극장이었지
어릴 적 엄마 손잡고 보았던
'미워도 다시 한 번'
스크린에는 빗줄기가 하염없이 그어지고
스크래치 소리 요란했지만
영화가 끝날 때쯤이면
저마다 꺼내든 손수건이
눈물로 흥건했었다
빗줄기가 굵어지고 바람이 거세지면
창문으로 보이는 어지러운 빗줄기
창문을 두드리는 스크래치 소리
이 밤
소주 한 잔 기울이며
스크린이 된 저 창문으로

인생이란 영화를 본다
인생이란 신기루를 본다

띄엄띄엄

모든 존재는 띄엄띄엄 떨어져 있다
여기에서 비롯된다
참도 선함도 아름다움도
떨어져 있기 때문에 나온다
사랑도 하나를 희구하지만
떨어져 있지 않다면
어떻게 그 하나 됨을 느낄 수 있을까
하나 됨의 그 아뜩함을 그릴 수 있을까
원자도 원자핵과 전자의 아득한 거리가 있고 서로를
그리며 도는 춤을 춘다
지구를 도는 달
태양을 도는 지구
은하의 중심을 도는 태양
뚝뚝 떨어져 춤을 추는 이 거대한 춤판
사랑의 탱고는 밀고 당기기를 잘 해야 하나가 된다
떨어졌다가 하나가 되는 경지
하나가 되었다가 떨어지며 바라보았을 때
진정으로 하나임을 확인하는 경지

안경을 잃고 나서

너를 통해 명료함을 얻었고
너를 잃고 모호함을 얻었다
살다보면 흐릿하게 보고 싶을 때가 있고
확실하게 들여다봐야 할 때도 있다
먹고 사는 데에도
세상을 분석하고 근원을 찾는 데에도
안경보다 더한 현미경을 들이밀었다
이제 안경을 잃었다
안경을 벗을 때가 세수하고 잠잘 때 외에 언제 있었던가
흐릿하고 모호하니
보이는 모든 것이 이름붙이기 전이로구나
항상 경계를 짓고 바로 보고자 하였다
경계를 없앤다는 게 보통 일인가
너를 잃고 세상을 흐릿하게 바라보니
만감이 교차하는구나
비 오는 날 어둑한 저녁
내가 나를 잃고

경계 없이 엄습하는 무수한 또 다른 나

내일 다시 안경을 쓰겠지만

가끔씩 안경을 벗고 우두커니 바라봐야겠다

패션쇼

임금은 곤룡포
중은 가사 장삼
교황은 수단
귀족은 연미복
판사는 법복

모든 유한계급들이 입는 옷의 공통점이 있다
그 옷을 입고는 선반도 못 돌리고 밭도 맬 수 없다

노동을 하기 힘든 옷을 입어야 고귀해진다
노동을 하기 쉬운 옷을 입으면 천해진다

이런 망할 놈의 세상
노동 없이는 단 한순간도 돌아가지 못하면서

패션쇼도 결국 시간이 지나면 막을 내리게 마련이다

벙어리 삼룡이,
혹은 노틀담의 곱추를 위한 연서(戀書)

당신은 나를 몰라요

그러나 나는 당신을 안답니다

왜 그럴까요

숨어서 보기 때문이겠지요

그래요

사랑은 숨어서 봐야 해요

그것도 숨죽여 가면서

조용히 떠들지 말고

왜 그런지 아세요

사랑은 그냥 주는 것이니까요

아픈 사랑은

내 사랑을 받아주지 않아서가 아니라

어떻게 줘야 할지

방법을 모르기 때문이죠

그냥 숨어서 조용히 보내주면 된답니다

세월이 흘러

추억마저도 빛바랬을 때

아무것도 모르는 그대가 미소지으면
그 순간이 사랑이 이루어지는 거예요
사랑은 그냥 주는 것이니까요

종이박스

밑창이 찢어진 조그만 종이박스 하나
소중한 것을 감싸 안고 아낌없이 내어준 뒤
이렇게 길바닥에서 구르는구나
처서가 지난 가을 길목
서울 어느 변두리 슬럼가
밑창이 찢어진 채 바람에 쓸려
이리저리 굴러다니는 사람들처럼

풍등(風燈)

늦은 밤 우이천변 홀로 불 밝힌 포장마차
멀리서 보면
포장마차 붉은 천막이 불빛에 비쳐
어둑한 개천 위에 둥둥 떠 있는 풍등 같다
가락국수 한 그릇에 소주 한 병
다 비워질 때쯤
풍등 따라 저 하늘로 올라갈려나

만추(晚秋)

바싹 마른 낙엽은 부서진다

늦가을 한적한 거리를 걷다보면

떨어져 오랜 낙엽들은 부서져 가루가 되어 있다

비가 내리고 바람이 불면

쓸리고 날려 흔적도 없어지겠지

가는 것들의 순서

뒹굴다가 찢어지고 터지고 가루가 되고

그리고 먼지가 되는…

낙엽을 밟는 소리

만추의 거리에서 들리는 바스락 소리

고즈넉한 오후, 바람은 불고

푸른 하늘로 흩어져 사라지는

텅 빈 소리

플라타너스 잎

늦가을 거리를 걷다보면
너를 만난다
여름날 일부러 쳐다보지 않는 한
보이지 않던 너
이제 발길에 채인다
은행잎과 달리 커다란 잎
사그라진 거대한 욕망이 이리저리 구른다
커다란 잎만큼 무수히 많은 엽록소가
누렇게 변색되어 바람에 쓸린다
덩치 커다란 개가 애완견이 되기 힘들듯
깔깔거리며 웃는 소녀들의 손에 한번 잡히지도 못하고
어디로 가는지도 모르는 채 뒹굴고 있구나
너를 공중에 높이 매달은 너의 어미는
늙은 몸뚱아리 부풀어 터져
시멘트로 이리저리 메워져 있다
찬바람 부는 가을 하늘 위로
바싹 마른 커다란 플라타너스 잎 몇 개 날린다

가을 햇살 가리는 플라타너스 잎
지난여름 뜨거운 햇빛 가려주던 플라타너스 잎
너를 사랑했다는 말을
바람에 쓸려 하늘 높이 올라가
가을 햇살을 가리고 천천히 낙하하는
바싹 마른 커다란 플라타너스 잎에서 들었다

달

달을 보면 안다
달이 차오르든 사그라지든
운동하는 쪽의 윤곽이 희미하다
현재를 사는 원숭이와 달리
과거와 미래를 사는 인간은
그 대신 선명한 언어를 얻었다
시작과 종말은 과거와 미래다
그것은 선명하게 테두리를 그어 나가지만
사실은 희미한 현재라는 운동의 궤적일 뿐이다
보름이 갓 지난 달이 달무리에 어른거린다
이제 현재라는 무딘 스푼이 조금씩 갉아 먹을 것이다
다 파먹은 노란 푸딩은
원숭이들의 소란한 외침과 함께
다시 또 희미하게 차곡차곡 쌓일 것이다

파도

파도는 쉬지 않고
그 허연 입술을 내밀며
끊임없이 입맞춤을 갈구하지만
아무도 마주하지 않았다
파도의 영겁의 시도
밀려 왔다 밀려 가는 입맞춤의 몸부림
사랑을 잃은 사람들이
왜 철 지난 바닷가에서
우두커니 서 있어야만 하는지를
오늘 알았다

2200번 버스 안에서

늦은 봄, 비가 내린 뒤
아직 먹구름이 개이지 않은 저녁
파주 헤이리에서 서울로 가는 이층버스
텅 빈 도로를 달린다
아무도 없는 버스 이층 맨 앞에 앉아
세월에 녹이 슬어 검푸러진 어둠 속을 달린다
자유로 옆으로는 한강이 흐르고
멀리 보이는 긴 다리 위로는
점점이 빛나는 노란 구슬 박혀 있다
산다는 건 저 아래 흐르는 강물보다
조금은 빨리 가는 것
뒤척이며 흐르는 강물보다
조금 더 흔들리며 가는
버스 이층 좌석 같은 것

겨울 하늘

팽팽히 서로 마주보며 줄을 잡아당긴다
하늘의 별도 달도 우리 몸의 세포 하나하나도
긴장하지 않고 줄을 놓아 버린다면
컵 속에 떨군 푸른 잉크 한 방울이
옅은 하늘빛 호수로 변하듯
그렇게 쓸쓸해지겠지
불확실하다고 말하지 마
긴장하며 살다가 쓸쓸히 돌아가는 것
이것만은 확실한 것

표면

어릴 적 장난이었지
손바닥을 맞대고 있을 때
누군가가 가운데가 텅 빈 원형 철사줄로
맞댄 손바닥 가운데에서 왕복운동을 해주면
미끌미끌한 막이 있는 느낌
따뜻한 체온으로 붙어 있다가
미끌한 막으로 분리되는 느낌
허공을 가르는 표면
일체를 분리하는 막은 미끄럽고 달아난다
보이는 것은 표면일 뿐이고
들리는 것은 표면의 떨림일 뿐
개념이라는 원형 철사줄로
생각이라는 왕복운동을 해주면 나타나는
존재와 무 사이의 막
미끌미끌한 막은 언제나
탈주를 예비한다

에덴 탈출

서울에서도 밤하늘을 보면
은하수가 보이던 때가 있었다
지금 돌이켜 보면 그때가 에덴이었다
서울 변두리 어디에서나
작은 마당 평상 위에서, 달동네 산기슭에서
거적대기 깔고 누워 한참을 올려다보면
온 데 없이 간 데 없이 사라지는 별똥별
순식간에 그어지는 그 별 따라 나도 따라 떨어지고
다시 눈을 들어 흩뿌려진 우윳빛 별무리를 바라보는
안팎이 구분이 안 되던 그때 그곳, 에덴
지금 여기, 서성거리는 나는
에덴의 동쪽에 있는가
에덴에서 탈출했는가

낮술

젊은 나이에 이승을 떠난 이의 상가를 다녀온다
병원 지하 2층
띄엄띄엄 떨어져 앉아 있는 널찍한 방에서
육개장에 소주 한 병 비우고 올라온 봄날 대낮
봄볕이 따뜻하다
어질어질한 눈으로 올려다 본 뿌연 하늘
어느 순간 섬광처럼 번득였다가 꼬리를 감추는
'있음'의 신비

이연(離緣)

회자정리(會者定離)

모든 만남은 이별을 준비한다

인연으로 만난 우리들

이연을 예감한다

거자필반(去者必返)

모든 헤어짐은 다시 만남을 준비한다

이연으로 헤어진 우리들

사랑이라는 성긴 그물 아래에서

이연이 곧 인연임을 예감한다

결국은 하나임을 알아차린다

동태탕

한류성 어족
어느 바다를 헤엄치다 올라왔나
보들보들한 살에
암컷 알집, 수컷 고니가
얼큰한 양념과 버무러져
보글보글 끓고 있다
서울 변두리 모래내 시장 구석 동태탕집
삶에 지친 싸구려 인생 둘이서
얼큰한 동태탕 국물에
막걸리, 소주 한 병씩 털어 넣고
겨울바람 윙윙 부는 버스 정류장에 섰다
집으로 가는 길
찬바람 달리는 저 하늘 위로
동태 몇 마리 빠르게 헤엄친다

만월의 끈

꽉 찬 만월이다
저 달이 잡아당기는 게 어디 한둘일까
우리 서로 한 줄로 된 기다란 끈을 잡고 있지 않다면
바닷물의 들고 남도 없을 것이며
어쩌다 한 번씩 우리들 가슴속에 차올라
눈가에 희미하게 맺히는 물기도 없으리라
때로는 붙어 있는 것보다 떨어져서
서로 한 쪽 손에 끈을 쥐고 있는 게 낫다
밤하늘이 온통 구름에 가려
달과 별이 보이지 않아도
구름 위 저곳에서 당겨주는 끈이 있기에
희망을 사랑을 노래할 수 있다

빈털터리

무언가를 담고 있었다는 말
그래서 지금은 아무것도 없다는 말
돈도 명예도 사랑도 아무것도 없는
빈털터리일 뿐
셋 중 하나 이상은 있었다는 말
호주머니가 전제되어야 나오는 말
호주머니에 채웠어야 할 수 있는 말
세상은 본래 주머니가 아닌데
채웠다 털리는 주머니가 아닌데
그래도 모두들 중얼거린다
빈털터리일 뿐

사랑이란 그런 것 아닐까

닿을 수 없는 것이라고 꼭 높이 있는 것만은 아니다
이쯤 올라왔으면 잡을 수 있겠지 했을 때
저 아래에 있는 것들은 이제 잡을 수 없다
한때 한몸이었던 것들이 이제는 닿지도 않는다
그러니 올라갈 때 위만 바라봐서는 안 된다
한 층 한 층 계단을 올라가면서도 옆을 아래를
두리번거려야 한다
아래에는 올라가지도 못하고 올라갈래야 갈 수 없는
것들이 너무도 많다
아래로 손을 뻗어 닿을 수 없을 정도라면 더 이상
오르기를 포기해야 한다
위로 아래로 양손을 뻗어 모두 닿을 수 있을 정도로만
올라가야 한다
그러나 한 걸음 더 옮겨 위를 잡을 수 있어도 아래에
닿을 수 없다면
한 걸음 뒷걸음쳐서 아래를 잡아야 한다
우리 모두는 위에서 떨어진 게 아니라 아래에서
올라왔기 때문이다
사랑이란 그런 것 아닐까

풍경

간이역에서 탄 기차가 출발하면
사각틀에 갇힌 창밖 풍경이 움직인다
시간이 흐르고
차례차례 다가오는 미래의 풍경
마주보며 놓여있는
앞자리로 바꿔 앉아 바라보면
차례차례 다가오는 과거의 풍경
자리만 바꿨을 뿐인데
미래가 과거로 된다
현재는 어디로 갔나
종착역에 도착하면 기차는 멈추고
사각틀에 박힌 창밖 풍경은 정물화가 된다

아마도

아마도는 안개에 가려진 섬
해도(海圖)에도 나오지 않지
안개가 드리우면 나타나고
안개가 걷히면 사라지지
아마도 우리 인생도 그럴 테지
몽환 속에서 헤매이다가
무언가 잡았다 싶을 때
안개는 걷히고 아무것도 없는 거야
아마도는 아마도
본래부터 없는 섬이었을 거야

3부
소주 한 잔 털어 넣고
초콜릿 한 입 베어 물고

찢긴 깃발

비 개인 하늘은 아직도 먹구름으로 덮여 있다
응암동 술자리를 끝내고 집으로 가는 길
밤바람이 분다
술집을 알리는 오래된 깃발이 나부낀다
아직까지는 내 몸에 적혀 있는 걸 바라보라는 듯
오랜 세월에 찢긴 우리도
밤바람 속에 섰다
동여맨 밧줄이 삭을 때까지
마지막 한 조각 한 글씨 남을 때까지
이리저리 춤을 추며 흔들려야 한다는 것을
알아차리는 밤이다

소주 한 잔 털어 넣고
초콜릿 한 입 베어 물고

나풀나풀 눈이 내리던 날이었지

봄꽃 찾아 헤매는 나비처럼

그렇게 눈은 내렸지

붉은색 목도리와 함께

수줍게 내밀던 초콜릿 하나

그 목도리에 하나 둘 내려앉던 눈송이가

봄꽃 위에 살포시 날개를 접는

하얀 나비 같았어

목도리를 둘러주며 웃던 수줍은 그 미소

초콜릿 한 입 베어 물며 나도 웃었지

하늘 한 번 쳐다보니 오늘이 바로 그 날

눈도 나비도 보이지 않지만

저 멀리 뿌연 하늘에선

구름에 가린 수줍던 너의 그 미소

집에 가면 소주 한 병, 안주로 초콜릿 하나

소주 한 잔 털어 넣고 초콜릿 한 입 베어 물고

사월이 가네

삼월 꽃샘추위가 지나가고
봄꽃들이 앞다투어 피어오를 때
사월은 아름다웠지
그러나
사춘기 소녀와 같은 감정의 기복
변덕쟁이 사월이 가네
심술꾸러기 사월이 가네
목련나무를 보면, 벚나무를 보면
한바탕 꿈을 꾼 거 같아
저곳에 언제 그렇게 찬란한
순백의 향연이 있었을까
떨어지고 지는 것은
어떻게 해야 하는지도 가르쳐 주었지
활짝 피어올라서
순백으로 세상을 덮고
아무 미련도 없이 사라져
이제는 푸른 잎만 남았네
생명이 푸르름이라면

아마도 영혼은 순백일 거야
이제 계절의 여왕, 오월이 오면
장미와 모란의 계절, 오월이 오면
목련과 벚꽃도 잊혀지겠지
그러나
찬란한 오월을 맞이하더라도
풋풋하고도 쌀쌀맞은 소녀와 같은
사월의 싱그러움은 못 잊을 거야
푸르른 하늘이
떨어지는 꽃잎에 가려
하얗게 흔들리던
사월의 어느 날 오후도 못 잊을 거야

봄비

어디서 왔을까
비가 내리네
바다, 강, 호수, 구름으로 떠돌다가
오월의 마중물로 내리네
이 비 그치면
나무들의 펌프질 소리 요란하고
오월의 신록은 찬연히 빛나겠지
이미 한 바탕 봄꿈을 꾸었지만
다시 돌아 누워
질펀한 낮잠을 청해본들
그 누가 뭐라 하리오
인생 일장춘몽이 아니라
이장춘몽은 되어야 서글프지 않으리
꿈에서 깨어나
서늘한 가슴 안고
지는 꽃 바라보면
마중물 담고 있던 가슴 속에서
가늘게 들리는 삐꺼덕 펌프질 소리
눈물은 소리 없이 흘러 내리리

비와 당신

웃으면 예쁜 보조개 들어가는 당신
오늘같이 부슬부슬 착한 비가 내리면
비보다도 더 착한 당신이 말했죠
나는 부슬비보다 이슬비가 좋아
이슬비보다는 는개
는개보다는 안개가 더 좋아
그런데 안개가 걷히는 건 싫어
당신이 내 곁에서 사라져도
사라진지 모른 채
나직이 언제까지라도 얘기할 수 있는
짙은 안개가 좋아

골목길

다섯 살 때였든가
서울 변두리 어느 시장 골목에서
엄마 손을 놓아버렸다
몇 시간을 울면서 돌아다니다
파출소에서 나를 찾아 헤매던
엄마를 만났다
이제 오십 년이 훌쩍 지나
또 다시 엄마 손을 놓아버렸다
더 이상 엄마는 나를 찾아 헤매지 않는다
햇빛 따가운 여름날 오후
서럽게 울면서 돌아다니던 골목길
엄마 손잡고 파출소를 나오며
환하게 웃던 어린아이는 어디로 갔나
바람이라도 불어서 다행일까
낮술에 취한 중늙은이 하나가
바람에 일렁이는 나뭇가지 하나 붙잡고
뿌연 하늘 바라본다

늦가을

비가 오고 나니 늦가을이다
무성한 목련나무 이파리들도
누렇게 변색하기 시작했다
찬바람이 부는 오늘
가만히 귀 기울여 보면
이파리들이 자르르 자르르…
바람에 떠는 소리가 들린다
봄날 짧은 순간 순백의 목련이 떨어져
지금은 자취도 없어진 그곳에
누런 낙엽이 되어 수북이 덮일 것이다
비구름 걷힌 맑은 하늘
스산한 바람은 불어오고
바람 따라 신음하듯 떨고 있는 잎새 따라
흔들리는 마음 속 깊은 곳에서는
묵직한 중저음의 共鳴이
귓전을 울린다

작은 별 하나

초저녁 하늘은 간간이 짙은 회색빛 구름을 머금었다
저 멀리 가로등이 차례차례 켜지고
진보라 빛 하늘 아래 우뚝 선 나무는
산발한 채 바람에 흔들리는 잎들을 달고
초여름을 잊은 서늘한 밤공기에 떨고 있다
나무 아래 벤치에 누워
흔들리는 무성한 잎들을 바라보노라면
가지마다 층층이 접힌 어둠을 뚫고
저 나무 끝 잎새 위 흔들리는
작은 별 하나

눈이 내린다

겨울밤, 멀리 떨어져 외진 가로등 불빛
작은 태양이 빛난다
저 태양계의 끝, 명왕성 바깥에서
눈이 내린다
머리에 갓을 쓴 노란 태양이 둘러주는
푸근한 불빛 아래의 어두움
어두움에서 어두움으로
눈이 내린다
도대체 모를 어두움 속의 따스한 한 점 불빛에
점점이 박혀 사라진다

파이프 담배

멋을 아는 사람이었다
잎담배 파이프에 꾸깃꾸깃 쑤셔 넣고
불을 켜면 불이 아래로 향하는 라이터
한 모금 뿜으면 자욱이 퍼져 나가는 연기
궐련을 피울 때와는 차원이 다르다
형이 일하던 종삼 공구상가 나까마 사무실
삐꺼덕거리는 나무계단을 타고 올라가
이층 사무실 문을 열면
늘 과일 담금용 패트병 소주를 붓고 있었다
손이 흔들려 전표 작성을 못하면
소주 세 병 정도를 마셔야 겨우 진정되었고
그것도 안 되면 대신 작성해 주기도 했었다
어느 날 사무실이 정리되고 천안으로 내려간 뒤
찾아가 만난 천안역 뒷길 선술집
쓸쓸한 가을날 오후 낮술을 하고 헤어질 때
잎담배 종류별로 여러 통과
길고 짧은 파이프 두 개를 챙겨주었다
그때는 몰랐다

그것이 형과 이승에서의 마지막 술자리라는 것을

가끔씩 궐련 담배가 떨어져

파이프 담배 연기 내뿜을 때

이제야 알 것 같다

만남과 이별은 허공으로 흩어지는

자욱한 담배 연기와 같다는 것을

첫사랑

그 애를 처음 본 순간
나는 알았지
내 가슴속에 북이 있다는 걸
둥둥둥둥 쿵쾅쿵쾅
고막이 찢어질듯
그렇게 큰 북이 있다는 걸
지금은 작은 북으로 남아
꽃피는 봄날 낙엽 지는 가을날
어스름 황혼녘 거리를 걷다보면
작은 소리로 찾아오지
이슬 맺힌 눈자위로
하얀 귀밑머리 아래로

수상한 빈대떡

.

비도 올듯 말듯 수상한 날씨다.

하루 중 낮과 밤이 교차하는 수상한 저녁 무렵이다.

계절도 여름의 흔적이 남아 있는 수상한 구월말이다.

이런 날은 우리동네 술집

수상한 빈대떡집에 가야한다.

저마다 양철 깡통 위에 빈대떡 한 장씩 올려놓고

수심 가득한 얼굴들 맞대고 수근수근

수상한 얘기들을 나눈다.

우주도 선천이 후천으로 개벽하는 수상한 시점이다.

세상이 두루두루 하 수상하니

모두들 수상한 빈대떡을 찾는다.

막걸리 한됫박 불콰하게 오른 지금

수근수근 대던 소리들이 수런수런 정답게 들린다.

흐린 하늘을 보면 편지를 쓰고 싶다

편지를 써 본 지가 30년은 된 듯싶다
볼펜을 잡고 하얀 백지를 채워나갈 때
잘 있기를 기원하며 마지막 마침표를 찍을 때
곱게 접어 빨간 우체통에 넣을 때
어쩔 때는 그리움으로
또 어쩔 때는 회한으로 발걸음을 돌린다
많은 사연을 흐린 하늘같은 편지지에
검정볼펜으로 가득 채우면
그 긴 사연들이 우르르 몰려 먹구름이 된다
눈물 한 방울 떨구기 전 서둘러 접어
간이역 같은 우체통으로 간다
슬픈 사연이든 기쁜 사연이든
우체통은 왜 빨간색일까
편지를 넣으며 답장을 기다리는 열망 때문일까
하지만 빨간 간이역을 거쳐간 편지는
언제나 편도행 기차를 탔을 뿐
아직까지 돌아오지 않는다
흐린 하늘을 보면 편지를 쓰고 싶다

리옹

세상을 용서해 줘!
프랑스 영화 '레옹'의 대사가 아닌 내 친구 리옹의 말
이다
우리는 서로를 부를 때 성에 옹을 붙인다
리옹, 신옹
이씨이지만 리옹이라고 불러줘야 분위기가 산다
술 한 잔 마시지 못하고 우유만 마셔도
어린 소녀 마틸다와의 사랑이 무언지 아는 레옹
이제 갓 육십줄에 들어선 초보 옹들
많은 것들을 놓쳤지만 그윽한 울림
세상을 용서해 줘!
소주 한잔 나누며 공감한다
세상도 힘들었다는 것을, 불쌍하다는 것을

이사하는 날

홍대 앞에서 십몇 년
오랜 세월이었다
오늘 단층 둥지를 벗어나
이층으로 집을 올려 비상하는 날
노가다하는 형님, 경비하다 잠깐 쉬는 친구
같은 출판일 하는 아우, 샨티의 식구들
모두 함께 모여 지하에서 이층까지
천국으로 오르는 계단의 첫 이층으로
평화라는 의미의 샨티의 깃발을 휘두르며
구슬땀을 흘렸다
지상에서는 이층으로 족할지라도
그 이층에서 만들어지는 영성의 개발은
천국으로 가는 무한 계단의 시작일 것이다
샨티! 평화, 정적…
위 없는 깨달음을 얻은 부처님의 경지
하느님의 사랑! 관세음보살의 대자대비!
오늘 이제 비로소 그 큰 첫발을 내딛는다
샨티출판사!
그 앞길에 찬란한 영광만 있으라!

경계선

경계선은 있어야 한다
비록 앞뒤로 조금씩은 흔들리더라도
밀물과 썰물이 교차하는 경계선
너와 나를 나누는 것이 아니다
너와 나의 진정한 합일을 위한 것이다
경계선을 쳐들어와 쓸어버리는 쓰나미
무자비한 자본의 공격
사랑이라는 이름으로 자행되는 일방통행
쓰나미가 사라진 곳에는 폐허만 남을 뿐이다
모든 상처는 경계를 잃어버릴 때 생기는 것이다

아프다

늘 지나다니던 길에 서 있었다
늘 지나치다가
오늘 밤 너를 만났다
너는 플라타너스라는 이름의 고목이었구나
아랫도리는 뚫린 채
조금 위로는 커다란 혹을 달고
크게 웃자라지는 못했어도
너를 바라보는 내 키만큼에서 뻗은 가지가
저 하늘 끝까지 올라가
바람 불면 그 큰 나뭇잎을 흔들며
달님과 억겁의 과거를 추억했겠구나
아프다
아무 상처 없이 아름드리로 자란
너의 친구들과 달리
어린 시절 모진 풍파 겪으며
비틀리고 굽은 채 자라
이제야 친구들과 어깨를 나란히 한 너
아프다

새싹도 피우지 못하고
사라져간 너의 형제들
기억하고 기억해라
너에게 상처를 준 모든 것들이
너의 형제들이라는 걸
이제는 모두 네 안에 담고 있다는 걸
그 모든 아픔이 사랑이었다는 걸

시추, 그 어르신

아버님 계신 곳을 방문할 때면
마을버스 내리는 곳 치킨집 앞에
열댓 살은 되신 듯한 나이드신
시추 한 마리가 앉아 계신다
십오 년 전 어린 강아지가 그곳에서
왔다갔다 하던 모습이 어른거린다
지금은 눈곱이 끼고 눈에 총기도 없이
그 자리에 하루종일 앉아 계신다
호기심 많고 돌아다니기 좋아했던 시절
그래봐야 조그만 치킨집 주변 몇 미터
보이는 세상은 그게 전부였겠지
그 어르신 앞에 마주 앉아
서로 눈 마주 맞추면
그 눈에 비친 나는 어린애가 되고
내 눈에 비친 그는 어른이 된다
맞춘 눈 거두고 일어설 때
무심한 듯 쳐다보는
시추, 그 어르신

늦은 밤 병원 후문 주차장에서

멀리서 보면 하나로 보인다
지구도 대기권 밖에서 멀리 떨어져서 보면
한 개의 푸른 구슬이다
병원 후문 주차장에 우거진 잡초들
자세히 보니 다들 다르다
식물학자들은 각기 이름을 붙여주었겠지만
언뜻 쳐다보면 모두가 그냥 푸른 잡초들이다
특별히 아름다운 꽃을 피우는
장미나 백합같이 이름을 얻은 꽃들과 달리
후문 구석에 모여 그저 푸르른 생명으로
작고 연한 빛의 꽃을 피우고 사라져가는 잡초들
이름 있는 것들은
이리저리 교배되고 재배되어서
없던 색깔까지 만들어져 진열된 뒤
화려한 꽃시장에서 사고 팔리고
이름 없는 것들은
언제라도 불도저에 밀려 사라진다
예쁘면 예쁜 대로 미이라로 말려져

한참 동안 창가에 걸려 있다가 바스라져도
사랑의 추억만 상기시키면 괜찮을까
이리 뽑히고 저리 뽑혀 던져지고
불도저의 발밑에 깔려도
다른 예쁜 꽃들의 거름만 되면 다행일까
구석진 병원 후문 공터에서
하나의 푸르름으로 모여 있는 잡초들
푸근한 달빛을 받고 있다
달빛 아래 잡초들을 바라보며
"나는 누구인가"를 묻고 있는 바보 하나가
"나는 없다"라는 잡초들의 수근거림을 들으며
괜시리 푸른 담배연기를
저 달을 향해 뿜어 올린다

하관

충북 괴산의 산기슭
가묘를 파헤쳐 하관을 한다
목관을 깨부서 커다란
드럼통에 넣고 태운다
거센 불길이 날름날름 목관을 핥는다
이승을 버린 육신은 땅으로 들고
육신을 버린 목관은 불로 든다
나무가 재가 되듯 세월의 불길은
서서히 모든 것을 재로 만든다
앞을 볼 수 없이 퍼붓던 하얀 눈으로
세상 모든 것이 질척질척한 다음날 아침
언젠가는 재로 변할 모든 것들이
겨울 차가운 공기를 마시고 있다
은은히 타오르는 세상의 불구덩이 속에서

봄날 저녁 병원에서

병원 엘리베이터에서 스친다
오층 호스피스 병동에서 내려오는 한 죽음과
저녁 한 끼 때우고 간병하러 올라가는 한 삶의 조우
따뜻한 봄날 저녁 한 때
하얀 가운에 덮인 죽음은 하얀 형광등 아래 눈부시고
오인용 병실 쪽침대에 옹기종기 앉아 있는 삶들은
서쪽으로 난 창으로 쏟아지는 석양에 눈부시다
어둠이 짙어지면 봄바람에 일렁이는 봄꽃들은
가로등 아래 그림자로 눈부시다

상사화

서로서로 그리워하며 피는 꽃

가신 님 무덤가에만 피는 꽃도 아니고

이승에서 못한 인연, 저승으로 가져가는 꽃도 아니고

그저 이곳저곳에 뚝뚝 떨어져

작은 봉오리로 맺힌 한을

가을바람 불면 갈기갈기 찢어진 꽃잎으로

서로 마주 보며 피는 꽃

잎은 꽃을 못보고 꽃은 잎을 볼 수 없더라도

이 무덤 저 무덤 앞서거니 뒤서거니 피어올라

여름 끝, 가을 시작 즈음에

온산을 그리움으로 뒤덮는 꽃

봄을 여는 진달래, 가을을 여는 상사화

핏빛 한을 토해 내던 진달래가 지고 나면

한 여름 무더위로 삭힌 한을

연분홍 그리움으로 물들이는 꽃

너도 가고 나도 가고 아무도 없는 달빛 푸른 밤

갈바람 불어오는 저 산자락마다

흐드러지게 피어 흔들리는 상사화

동백

어느 누가 팔을 그어
저리도 선혈이 낭자하든가
차가운 님 가슴에 툭툭 떨어져
붉은 동백 되었네

벚꽃

펑! 소리도 없이
봄 하늘 가득
튀겨진 하얀 팝콘
바람 따라 한들한들
하나둘 떨어진다
우주가 사라진다

목련 1

가로등 아래 꽃그늘이 수묵화처럼 번져 있다
음지에 자리 잡아 이제야 활짝 핀 목련은
파리한 불빛 아래 봉긋봉긋 옅은 어두움을 드리운다
한 장 두 장 떨어진 순백의 목련 잎은
떠나 온 그림자 옆에 꿈을 꾸듯 누워 있다
바람이 언뜻 불어
꽃그늘은 일렁이고 목련 잎도 뒤척인다

목련 2

삐죽이 솟아 오른 순백의 영혼들이
가지마다 켜 놓은 어린 촛불 같아라
봄바람에 일렁이는 순백의 군무
이제 곧 하얀 날개 활짝 열어
슬픈 그리움을 하늘 향해 보이고
가누지 못할 설움으로 뚝뚝 떨어져
떠나온 나무 아래 커커이 쌓이겠지
봄날 짧았던 순백의 한 때는
바람에 촛불 꺼지듯 잠깐이어서
해마다 돌아오는 봄 기다리며
까맣게 태운 가슴 땅 속에 묻네

홍매화

홍매화 지고 나니 봄은 사라져
선연한 그 눈동자 잊을 길 없네
희미한 두 그림자 자취도 없어
님 모습 그려보는 구슬픈 이 밤
고즈넉한 달빛 아래 정한만 깊어
희뿌연 달무리에 옅은 탄식만
님 그리는 이 마음 저 달은 알까
사모했던 그 정은 가눌 길 없네

* 어느 해 벚꽃이 피기 전 이른 봄에…

시실리(時失里)

시간을 잃어버린 마을

마포구 연남동에 가면 작은 주점이 있다

지도를 펼쳐 보면

기다란 장화 같은 이태리반도에 걷어채일 것 같은

나른한 지중해 속 커다란 섬, 시실리

서울 변두리 구석에서

시간을 잃어버린 채 작은 주막으로 움츠러 있다

비 내리는 사월의 봄밤

어둑한 붉은 조명 아래

취객들 몇몇이 앉아 있고

잔잔히 흐르는 재즈 선율 따라

잃어버린 시간을 더듬는다

홍제천 1

시간이 길게 뻗어 있는 홍제천 산책길
땅거미가 한 발 두 발 내딛을 때마다
어두움은 저 멀리서 벼루에 먹을 갈 듯
천천히 진하게 다가온다
라일락 향기가 코를 찌르는 기다란 산책길
홍제천 가운데 미동도 하지 않고
흐르는 물줄기를 바라보는
왜가리 한 마리가 서 있다

홍제천 2

바람이 분다
나뭇잎들은 이리저리 흔들리며
짐승처럼 울부짖고
하늘엔 옅은 먹구름이 바삐 흘러간다
장마에 불어난 냇물 위로
오리 몇 마리 제 집 찾아 헤엄치고
바람의 거친 애무에 지친
홍제천 물비늘은 유난히 뒤척인다
어디로 흘러가는지
벤치 위 높이 선 고가도로를 달리는
자동차 소리가
먼 곳에서 으르렁거리며
천둥과 번개를 예고하는 것 같다
돌아보면 모든 게 그렇다
꿈같은 봄날 아득하다가도
찬 비 내리고 거센 바람 불어
아뜩해지기도 한다
모든 건 스스로가 만들어 받는 것

어느 것 하나 그렇지 않으리
무심한 세상에 오점을 남기는 건
유심한 인간일 뿐
홍제천 벤치
찬바람 분다

상암동 한강공원에서

홍제천 산책길을 천천히 걷다보면
어느새 펼쳐진 한강
바람은 서늘히 불고 강물은 일렁인다
흐르는 것은 모두 제 몸을 뒤척이며 가는가 보다
하늘에는 별들이 하나 둘
멀리 강을 가로지르는 성산대교 교각 밑으론
가로등 불빛이 길게 늘어져 흔들린다
산다는 건 흔들리며 가는 것
서늘한 바람에 소름 돋은 팔뚝을 어루만지며
강물을 거슬러 집으로 돌아간다

백양리역에서

늦은 오후 경춘선 백양리역에는
역사에도 승강장에도 열차 안에도 아무도 없다
안개 짙은 소양강, 춘천 가는 길
저 멀리 북한강이 구불구불 길게 늘어진 백양리
승강장 저 끝에서 담배 한 대 피워 문다
용이 되지 못한 이무기 하나
아스라이 구불구불 저 하늘로 승천한다
텅 빈 경춘선 완행열차

간이역

가을바람 휘휘 돌고
낙엽은 허공에 맴돌다
이리저리 흩어지는 쓸쓸한 간이역
철길도 끊어지고 역사 유리창도 반쯤은 깨어진
이제는 아무도 찾지 않는 폐역
저 멀리 영원으로부터 달려와
저 멀리 영원으로 스러지는 철길
기적소리는 꿈결처럼 들리는데
간이역 플랫폼에는 들풀만 무성하네

대성리에서

아직은 꽃샘바람이 차가운 대성리
잔잔히 칭얼대는 강물에 봄볕이 부서진다
너울너울 은빛 물비늘마다 따라오는 산그늘
한적한 목요일 오후
쏜살같이 달아나는 경춘선 청춘열차

양수리

꽃샘바람이 휘모리 장단에 맞춰 춤을 추던 날
용문행 열차를 타고 양수리를 찾았다
호젓한 강가에는 아무도 없었고
미친바람에 찢긴 봄볕만이
들썩이는 강물 위로 반짝였다
서너 걸음 떨어진 갈숲에는
지난여름 깔깔대던 연인들의 웃음소리 사라진
작은 보트 하나 처박혀 있고
저 멀리엔 잿빛 오리 한 쌍이
넘실대는 강물 위에 몸을 맡긴 채
둥실둥실 떠가고 있었다
돌아오는 길 경의선 열차 안에는
몇몇 마스크 쓴 노인네들의 초점 잃은 눈동자들이
저 멀리 북한강을 바라보고 있었다

북한산 1

오늘같이 옅게 흐린 날
푸른 하늘도 엿보였다가
구름인지 흩뿌려진 눈물인지
하늘을 얇게 감싸고 있는 날
하늘에 반투명 습자지를 댄 거 같은 날
여름 늦은 해는 자취도 없어진 어스름 저녁
수유리에서 바라본 북한산은
새끼 잃은 거대한 짐승이
웅크리고 앉아 오열을 하는 것 같다
짐승의 등짝 위로 옅은 먹구름 드리우고
강촌이라는 선술집 미닫이문을 열고 나온
작은 짐승 하나가
주제넘게 북한산 등짝을 어루만진다

북한산 2

새벽 어스름
북한산 기슭에 비가 내린다
늦가을 비를 우산 없이 맞기는 힘들지만
봄비처럼 부슬부슬 내리는 비는
약간의 한기를 참는다면 견딜 만하다
흐린 하늘 위로 담배연기를 뿜어 올린다
이 비가 그치면 맑은 하늘이 열릴 것이다
습기 찬 가을공기를 폐부 깊숙이 들이마셨다가
함께 내뱉는 담배연기는
어느 하늘 구석에서 맴돌다가
오늘 새벽비처럼 부슬부슬 내릴 것이다
죄와 벌처럼
그리고 온전한 사랑으로

북한산 3

하늘이 발인을 한다
지붕에 올라 휘이 휘어이
새하얀 광목천을 펄럭이며
이승과 작별하는 인사와 달리
서러운 세상으로 눈발을 날려
저승과 헤어지는 인사를 한다
북한산 기슭에 눈이 내린다
하늘의 상여는 무엇이길래
아무런 글씨도 적히지 않은 하얀 만장이
수만 조각으로 나풀나풀 내리는 걸까
잠깐의 발인식이 끝나고 나면
하얀 만장은 흔적도 없고
흐린 하늘 아래 북한산만이
먹으로 적은 글씨인 양 우뚝 서 있다

북한산 4

그믐이 가까워서일까
북한산 자락에서 바라보는 밤하늘엔 별들만 총총하고
깎여져 튀어나간 엄지손톱 같은 그믐달은
찾아보기 힘들다
차가운 겨울하늘을 한참을 올려보다 돌아설 때
늘 보며 지나치던 호박등 가로등이 달님으로
내려와 있다

북한산 5

꿈을 꾸고 있었지

부스스 잠에서 깬 새벽

몽유병자처럼 밖으로 나가

무심코 북쪽 하늘 바라보았어

북두칠성이 그 커다란 국자로

무언가를 담고 있었지

밤하늘의 물레방아

무엇을 퍼내고 있을까

엊그제까지도 새하얗던 북한산이

저 하늘의 물레방아질에

이제는 드문드문 잔설만 남고

차가운 겨울하늘에 뭇별로 뿌려진다

북한산 6

경계를 잃어버리는 것들이 있다
한바탕 폭설이 내리고 난 다음날 밤
맑은 하늘을 바라보면
미친듯 퍼붓던 잿빛 하늘이
아직 가시지 않은 구름으로 몇 개 떠 있다
그러한 구름마저 서서히 풀려
구름이라는 이름을 얻기에도 부끄러운
경계를 잃어버리는 것들이 있다
잠시 후 북한산 하늘에는
별들이 총총할 것이고 구름은 사라질 것이다
다만 사라지지 않는 것은
우리가 이름 붙인 도깨비들인
눈, 폭설, 잿빛 하늘, 구름의 기억일 뿐이다
경계를 잃어버리는 과정에 있는 모든 것들
굳이 이름을 붙일 필요가 있을까
흐르는 강물에 발을 담그고 무연히 바라보노라면
나도 가고 강물도 가는 것을

아버지

세상이 온통 하얗게 덮인 새벽
저 멀리 노란 등불이 보인다
대여섯 살 때였든가
서른 청춘이던 아버지가 나를 안고
새벽 버스를 기다렸었지
아버지 품에 안겨 바라본 하얀 세상
팔십 킬로짜리 볏가마를 쑥쑥 들어올리시던
든든한 팔뚝에 안겨
저 멀리 버스 종점에서 출발하는
커다란 짐승의 노란 두 눈을 바라보았었지
아버지 똥 마렵다
아버지 오줌 마렵다
그때마다 번쩍번쩍 들었다 올려놓으시던
아버지
지금은 한평생 노가다에 진이 빠지신 채
새털같이 가벼운 몸으로 침대에 누워
아무개야 똥마렵다
아무개야 오줌 마렵다

아버지 안고 볼일 보시게 하고
돌아서는 화장실 창밖으로
그 옛날 하얀 새벽이 펼쳐져 있다

도형이에게

긴 비가 시작됐다
별을 그리며 바라보던 이곳도 잠시 쉬어야 한다
구름 위 별들은 늘 반짝이겠지만
사실은 깜박거리는 것이 눈물을 훔치는 것이라는 걸
장마는 별들이 훔친 눈물이 고여서 내린다는 걸
알아차려야 한다
이미 하늘의 별이 된 자네!
이 비가 자네의 눈물이라는 걸 왜 모르겠는가
세속적인 일들에 시달리면 머리가 아프지만
가슴이 아프다는 건 여리고 가여운 것들의 슬픔이 가
슴을 두드리기 때문이지
아픈 가슴 부여잡고 쓰러진 지 어느덧 세 해
자네의 눈물을 맞으며 친구들이 모였네
이보게! 도형이!
우리 모두 알고 있다네
지상의 모든 가녀린 것들, 가슴 아픈 것들에
자네의 눈물이 내린다는 것을
이제 이 긴 비가 그치면

맑은 밤하늘 저 멀리서
반짝이는 별이 된 자네가 윙크하는 걸 바라보겠네
더 이상 눈물 흘리지 않고
아름다운 이 세상과 눈을 맞추며
깜박깜박 윙크하는 걸 바라보겠네

* 양평 '별 그리다' 공원에 잠들어 있는 친구, 도형이에게 바치는
헌시…

친구의 사십구재를 다녀오며

이승에서 저승으로 가는 정거장
좌청룡 우백호 아늑한 명당
아직 여름이 남아 있는 양평의 산기슭
자그마한 봉분에 술 한 잔 부우며
모두 낮술에 취해 간다
가을이 오면 저 산기슭 단풍도
오늘 친구들 얼굴들처럼
붉게 타오르겠지
친구여!
온 산이 타들어 가는 가을이 오면
오늘 왔던 친구들
낮술에 벌개져 떠들던 모습이라 아시게
산다는 게 그렇지 않겠는가
봄날 흐드러지게 피었던 벚꽃도
한 줄기 바람에 스러지고
가을날 그 붉던 단풍도
찬 서리 내리면 자취도 없어지지 않던가
살아서 떠드는 우리들도

언젠가 저 산에 안기겠지
뒤돌아 산비탈 내려오며
잘들 가시게나 천천히 놀다 오셔
바람에 실린 자네 목소리를
어렴풋이 들었다네

* 친구 도형이의 사십구재를 마치고 내려오며…

발문

한발 물러선 시선(視線)의
흐릿하고도 날카로운 상념

海石 윤석희 시인

1. 어스름의 세계와 현재라는 작두날 타기

신평 신기대의《잘 차려진 밥상에는 슬픔이 있다》시 작(詩作)에서 두드러지게 보이는 개념은 참된 실재로부터 분리된 인식의 망념 또는 그릇된 관(觀)의 세계로부터의 탈출이나 초월이다. 불교의 선적(禪的) 관조의 세계와 다를 바 없다. 그러나 신평의 선(禪) 수행 현장은 산속의 고요한 좌선 방이 아니다. 그의 지루하고 고된 밑바닥 삶의 현장에서는 단결투쟁, 노동해방과 같은 구호가 들리지 않지만, 보이지 않는 치열한 내면의 전투가 일상적으로 전개되고 있다.

추억은 라이방 걸친 기억이 바라보는 것
내일 아침, 아무것도 걸치지 않은
붉은 태양은 떠오를 것이고
부릅뜬 핏빛 눈동자는
새벽 출근길을 더듬을 것이다
— 라이방

밑바닥 세계에 살면서 지위나 신분, 계급의 상승이란 유혹을 외면하고 살기란 쉽지 않은 일이다. 나아가 하늘을 올려다보는 대신 밑바닥 너머의 세계를 관통하여 바로 보기란 더욱 어렵다. 시인은 손을 뻗어 위를 잡기보다는 오히려 '한걸음 뒷걸음쳐서 아래를 잡아야' 하는 것이 사랑의 속성이라고 강조하고 있다.

닿을 수 없는 것이라고 꼭 높이 있는 것만은 아니다
이쯤 올라왔으면 잡을 수 있겠지 했을 때
저 아래에 있는 것들은 이제 잡을 수 없다
한때 한몸이었던 것들이 이제는 닿지도 않는다
그러니 올라갈 때 위만 바라봐서는 안 된다
…
위로 아래로 양손을 뻗어 모두 닿을 수 있을 정도로만 올라가
야 한다

그러나 한 걸음 더 옮겨 위를 잡을 수 있어도 아래에 닿을 수
없다면
한 걸음 뒷걸음쳐서 아래를 잡아야 한다
우리 모두는 위에서 떨어진 게 아니라 아래에서 올라왔기 때
문이다
사랑이란 그런 것 아닐까
— 사랑이란 그런 것 아닐까

시인은 줄곧 평생을 한길로 가면서 관념이나 허상에
빠지지 않으려고 이를 악문다. 그리고 뿌리 뽑힌 채 이
리저리 구르고 채일 민초들과 일체감을 이루며 그들이
처한 지옥과 같은 현실을 넉넉한 선적(禪的) 관조와 낙관
적 미래로 승화시킨다.

새벽 출근길 거리에 섰을 때
새벽 첫차가 다가와도
번호판이 보이지 않을 정도로
뿌연 안개가 감싸고 있을 때
버스에 올라 자리 잡고 앉으면
유령 같은 노동자들 몇몇이 졸고 있고
성에 낀 유리창엔 부스스한 낯선 얼굴 비칠 때
— 말풍선

밑창이 찢어진 조그만 종이박스 하나

소중한 것을 감싸 안고 아낌없이 내어준 뒤

이렇게 길바닥에서 구르는구나

처서가 지난 가을 길목

서울 어느 변두리 슬럼가

밑창이 찢어진 채 바람에 쓸려

이리저리 굴러다니는 사람들처럼

— 종이박스

누가 너를 여기에 얹어 놓았는지는 궁금하지 않다

구르고 구르다가 채이고 채이다가

다시 또 구르고 채일 너 아닌 너를 위하여

바람에 파르르 떠는 너를 위하여

지금은 아니야 하는 듯이

조금 더 나가는 무게로

가끔씩 자기도 흔들흔들 하면서

지그시 누르는 작은 돌멩이 하나

— 돌멩이 하나

　선적(禪的) 관조의 주요 매개물은 위의 시 〈말풍선〉에
서 보이는 '뿌연 안개'와 같은 것이다. 빛이 뚜렷하지 않
은 시간대인 '새벽 어스름' 또는 '저녁 어스름'도 같은 것

이다. '뿌연 안개'나 '어스름'은 밝은 빛에 노출된 분리된 인식의 세계를 초월하게 하는 매개물이다. 그러나 그 초월은 현실을 무시하고 외면하려는 것이 아니라 분리된 것처럼 보이는 실상의 세계가 본디 하나라는 것을 똑똑히 보고자 하는 것이다.

> 저녁 어스름이 오기 전까지
> 사물들이 윤곽을 잃지 않고 있을 때
> 사선(斜線)을 그어야 한다
> 그리하여 나타나는 단면이
> 모두 같은 무늬를 띠는 것을
> 확인해야 하는 것이다
> — 사양(斜陽)

> 거리를 두고 바라볼 때는 아득하지만
> 떨어져 하나 될 때는
> 너와 내가 하나임을 알아차린다
> — 빗방울

그는 존재의 시시각각을 사현(似現)이라고 표현하는데, 그것은 명료한 과거도 미래도 아니고, 현재를 닮은, 현재인 듯한 현재이다. 그러한 현재, 지금 여기 이 순간을 직

시하면서 살아가기 위해서는 매순간 작두날을 타듯이 긴
장해야 하고 적당한 타협이 아닌 결단이 요구된다.

지금 여기 이 순간을 살 뿐입니다.
그렇게 살고 싶습니다.
— 지금 여기

현재를 닮았다, 현재인 듯하다
명료한 과거도 미래도 아닌
사현을 걷는다
현재라는 작두날은 타기 어렵다
언제였던가
맨발을 베이지도 않고
훨훨 오르내리던 때가
이제 달빛 별빛도 보이지 않는 거리
사현을 걷는다
한 걸음 두 걸음 내딛을 때마다
시퍼런 작두날이 번득인다
— 사현(似現)

현재에 대한 참된 인식은 방심하면 곧 오독(誤讀)으로
떨어질 것이므로, 고독한 투쟁의 연속이다. 애초도 종말

도 없고, 모든 순간이 처음이자 마지막이다. 그러나 작
두날 같은 깨어남 선상에 서게 되면 그릇된 관(觀)에서
오는 갈증은 찰나에 해소된다.

문득 이 세상이 물 한 컵이라는 생각이 들었다
뚝 떨어진 물 한 컵
많은 것을 거쳐 왔고 많은 것을 담고 있다
그러나 외롭다
세상도 나도 고독한 물 한 컵
애초는 없다, 모든 순간이 처음이다
종말도 없다, 모든 순간이 마지막이다
시원하게 들이켠다
갈증이 사라진다
— 갈증

지금 여기 이 순간의 맛을 즐기고 진정 머무르려면 요
구되는 것이 머무름 없는 나그네적인 삶이다. 그것이 익
숙함에서 오는 일상의 덫을 거둬낼 수 있는 방도이기 때
문이다.

나그네는 한곳에 오래 머무르지 않는다
그리고 어디서 왔는지도 어디로 가는지도 모른다

그것이 나그네의 모습이다

우리도 나그네다
나그네의 특징은 스스로가 어디서 와서 어디로 가는가를 굳이
묻지 않는다
그저 지금 이 순간의 낯선 풍광을 즐길 뿐이다
그리고 익숙해지기 전에 떠난다
나그네가 두려워하는 것은 오직 익숙함의 덫에 걸릴까 하는
것이다
— 객형(客形)

그런데 시인이 머물고자 하는 현재의 모든 순간은 순
간만은 아니다. 그 순간은 일련의 시공간 속에서 연속되
는 하나의 점일 뿐이다. 그 점이 이어지는 것이 계절이
다. 각각의 현재의 순간을 순간으로 인식하고 살아가면
서도 순환하는 계절의 법도에 맞는 것이 깨달음이다.

나는 아직 들어보지 못했다.
봄 여름 가을 겨울을 제대로 본 사람보다 깨우친 사람이 있다
는 것을
….
봄 여름 가을 겨울을 제대로 사는 사람이야말로 진정 깨우친

사람일 것이다

　— 세상에는 별의별 놈들이 많다

　순간에 대한 직시가 계절의 큰 순환에 대한 직시로 연결된다. 그것은 변함없는 듯하면서도 변화하는 만물의 운동에 대한 직관의 필요성을 이르는 것이자, 인내하기 어려운 일상의 반복을 궤도이탈 없이 이겨내야만 도달할 수 있는 깨달음의 진면목이기도 하다. 그러한 인식 선상에서 그릇된 세상을 질타하는 화두가 쏟아져 나온다. 그것은 "있는 건 있어야 된다/없는 게 있고/있는 게 없어서는 안 된다/또 있어야 할 것이 없거나/없어야 할 것이 있어서도 안 된다(兎角과 龜毛)"는 현실인식의 결의로 드러난다.

2. 차갑고도 따스한 존재의 역설

　신평의 글들이 신선한 맛을 던지는 것은 딱딱하고 추상적인 선적(禪的) 시어들로 채워진 것이 아니라, 대지와 세상살이에 뿌리를 둔 날카롭고도 따스한 역설적인 비유가 쉽게 접하는 우리 주변의 생활 소재와 함께 곁들여 있기 때문이다. 해학과 풍자, 조소가 한 데 버무려진 묘

한 깨달음의 시구는 무심코 지나치며 쌓아놓은 허위의
더께가 한방에 떨어져나가도록 한다. 동시에 빛과 어둠
이라는 유한한 존재의 양면성에 대한 깊은 관찰은 욕구
의 만족 뒤편에 슬픔의 그림자가 짙게 배어 있음을 절감
하게 한다.

> 태어나서 도살당하는 순간까지
> 꽥꽥거리는 소리밖에 지르지 않았을
> 부드러운 살덩이를,
> 되지도 않는 말을 평생 내지르며 굴린
> 닳고 닳은 혓바닥 위에 올려놓고 씹는다
> ― 돼지 혓바닥

> 잘 차려진 밥상에는 슬픔이 있다
> 한 상 잘 차려진 꽃밭에도 슬픔이 있다
> 눈물은 어디에서 오는가
> 모두가 옹기종기 둘러앉아 한 상 받을 때
> 듬성듬성 비어 있는 자리
> 봄이 오면 슬퍼라
> ― 잘 차려진 밥상에는 슬픔이 있다

이러한 구체적인 일상 소재의 선택과 그것에 대한 폐

부를 찌르는 통찰은 새벽 어스름을 가르고 출근해야 하는 부릅뜬 핏빛 노동자 생활의 오랜 경험 없이는 가능하지 않을 것이다. 그의 시들이 힘을 유지하면서 감동을 주는 것은 시인만이 가진 특별한 인생행로와 끊임없는 관조의 반추작용 때문일지 모른다. 현란한 기교도, 매끄러운 운율도 없지만, 투박한 대로 좋고, 생각이 가는 대로 함께 읽혀서 좋다. 존재 전체의 슬픔을 극명하게 드러낸 〈가로등〉은 가로등에 대한 기존 관념을 전변시키면서 새롭게 메아리치게 한다.

밤길 걷다가 문득

가로등을 본 적 있는가

일정한 거리를 두고

슬프게 우는 걸 본 적이 있는가

휑한 거리 저 끝까지 아스라이 멀어지면서

흐느끼는 것 본 적이 있는가

그 옛날 아프게 울던 너의 모습

한 발 한 발 가까이 다가갈수록

멀어지면서 흐느끼는 모습 본 적이 있는가

— 가로등

시인이 보는 존재의 슬픔은 협애한 개인적 차원을 넘

어서 사회와 국가 전반에 걸쳐 있는 것이다.

그러나 어찌 알았겠어요
오선지 거미줄은
사랑과 혁명과 그 아픈 추억들을
장조보다는 단조로 연주한다는 것을
— 오선지

오랜 세월에 걸쳐 삶의 현장에서 한 편 두 편 건져 올
린 시 속에는 시인 나름대로 깨달은 세계가 누구나 이해
하기 쉽게 잘 녹아 있다. 만유일체와 무아(無我)의 원리
를 몇 구절로 드러낸 〈종소리에 대한 단상(斷想)〉에서 그
단면을 잘 엿볼 수 있다.

종도 종치는 물건도 종치는 사람도
공기도 듣는 사람의 고막도
그 어느 것 하나 스스로 독립해서
존재할 수는 없다
그것들도 종소리처럼 여러 가지가
어우러져 나타나는 것이다
결국 어떠한 것도 자신의 실체를 가질 수 없다
— 종소리에 대한 단상(斷想)

철학적 사색이 담긴 시구로 사람의 심금을 울리기란 결코 쉽지 않다. 그러함에도 신평의 시들은 관념적인 공감을 넘어서 마음의 바다를 울리는 데 성공하고 있다.

진동수가 맞으면 함께 운다
내가 이만큼 흔들리면
너도 이만큼 흔들려야 한다
그래야 공명하고 소리가 나온다
내가 흔들리고 네가 흔들리지 않아도
네가 흔들리고 내가 흔들리지 않아도
너와 내가 같이 흔들리지 않아도
너와 내가 흔들리더라도 이만큼 저만큼 달리 흔들린다면
공명할 수 없다
— 침묵

차갑게 식은 아교는
오직 따뜻하게 데워서 풀어질 때에야
너와 나를 붙잡은 손을 스르르 놓는다
— 아교

3. 시 쓰는 시인

예전에 시 쓰지 않는 시인과 그림 그리지 않는 화가 틈새에 학위 없는 박사가 함께 자리하여 '닳고 닳은' 한담 공론을 가진 적이 있었다. 이제 그 중 한 사람이 '시 쓰는 시인'으로 탄생하게 된 것은 실로 기쁘고 축하해 마지않을 일이다.

시인이 되기 위해 시를 쓰는 사람은 없을 것이다. 시를 천직처럼 쓸 수밖에 없기 때문에 시인이 되는 것이 아닐까. 한번 시인은 영원히 시인으로 불리듯이 시인은 직업이 아니다. 시인이 시인인 것은 자기가 보고 느끼는 바대로 살고 쓰기 때문일 것이다. 시인으로서 세상에 첫발을 내딛는 것은 시인의 칭호가 말해주듯이 그만큼의 사회적 소명감이 뒤따르게 마련이다.

아마도 신평에게 지금은 "스러지기 전 간직한 열정이/수줍은 듯 빨갛게 얼굴을 내밀 그 때(바람이 스친다)"일지도 모른다. 그 열정이 사람 세계를 울리는 더 큰 함성으로, 더 듬직하고 시원한 노래로 꽃피워 우리 곁에 자주 날아온다면 그보다 소중하고 기쁜 일이 더 있으랴.

제로섬 게임은 굳이 할 필요가 없다.
증오만 남기고 아무 소득도 없는 게임!

사랑은 게임이 아니다.

넘치면 흘려보내고 빈 곳이 있으면 채워주는 물과 같은 것이다

— 에어컨

옛날 싸전에서

됫박에 수북이 쌓인 쌀을

평미레로 깨끗이 밀지 않고

끝부분에서 살짝 멈춘다

종이봉지에 담으며 웃는 모습이

야박하지 않아서 좋다

개념(槪念)도 그렇다

생각을 평미레로 깨끗이 밀어서

공통된 것만 찾으면

이데아밖에 더 되겠는가

옛날 싸전에서 밀듯이

살짝 여분을 남겨 둔다면

생각도 차갑고 야박해지지 않고

따뜻하고 풍성해질 것이다

— 평미레〔槪〕

   그리하여 우리 모두가 바라는 새 세상도 더 빨리 왔으
면 좋겠다. 그 세상은 '네가 나로 보이고, 내가 너로 보이

는(이빨)' 세상이자, 비록 미라가 될지언정 '새로운 세상
과 하나됨을 맛보는(지렁이의 꿈)' 해방과 해탈의 세계 그
이상도 이하도 아니다.

여름은 죽었다

단 하룻밤 사이다

연속은 없다

양에서 질적 도약이다

늘어진 피부에서 소름이 돋는 새벽바람

혁명도 이와 같을 것이다

소름 돋는 새날도 이렇게 올 것이다

— 새벽바람

그리하여 서서히

내 몸 안에 너를 넣지 않고서도

네가 나로 보이는 것

내가 너로 보이는 것

— 이빨

돌아올 수 없는 길을 떠나 미라가 되어도

잠시의 환희에 온몸을 떨며

새로운 세상과 하나됨을 맛보았던

저 말라 비틀어진 지렁이의 꿈을

— 지렁이의 꿈

잘 차려진 밥상에는 슬픔이 있다

초판 1쇄 발행 2021년 10월 18일

지은이   신기대
펴낸이   윤형두
펴낸곳   범우사

등록번호 제406−2003−000048호 (1966년 8월 3일)
            (10881) 경기도 파주시 광인사길 9−13(문발동)
대표전화 031)955−6900, 팩스 031)955−6905

홈페이지 www.bumwoosa.co.kr
이메일   bumwoosa1966@naver.com

ISBN 978−89−08−12470−7 03810